Christina Hesselholdt

VENEZIANISCHES IDYLL

Roman

Aus dem Dänischen
von Ursel Allenstein

Hanser Berlin

Die dänische Originalausgabe erschien 2023
unter dem Titel *Til lyden af sin egen tromme*
bei People's, Kopenhagen

Der Verlag dankt dem dänischen Kunstfonds
für die Förderung der Übersetzung

Danish Arts
Foundation

1. Auflage 2025

ISBN 978-3-446-28249-0
Copyright © Christina Hesselholdt 2023
Alle Rechte der deutschen Ausgabe
© 2025 Carl Hanser Verlag GmbH & Co. KG, München
Kolbergerstraße 22 | 86179 München | info@hanser.de
Wir behalten uns auch einen Nutzung des Werks für Zwecke des Text
und Data Mining nach § 44b UrhG ausdrücklich vor.
Umschlag: Anzinger & Rasp, München
Motiv: © Kensuke Hosoya
Satz: Gaby Michel, Hamburg
Druck und Bindung: GGP Media GmbH, Pößneck
Printed in Germany

Am Büfett perlte Tau auf den giftigen Beeren, der gelbe Sand des Lidos rieselte durch die Wespentaille und landete auf dem Boden des Stundenglases, der tote Hase lag fast wie schlafend da, und der Schädel grinste, als es dem Wurm gelang, den Apfel über die Tischkante zu schieben. Unterdessen blitzte die Sonne unablässig in dem fliegenden silbernen Fisch, der hoch über der üppigen Auswahl durch die Luft sprang; die beiden – die Eltern in jungen Jahren – waren das bis in alle Unendlichkeit weitervererbte venezianische Glück, mit Gesichtern, halb aufgerissen von Küssen.

GUSTAVA

Selbst in Gesellschaft meines Allernächsten, meines Bruders, kommt es mir vor, als wäre eine Scheibe zwischen uns geschoben worden. So ist es mittlerweile; er redet und redet, ich nicke und nicke, aber er kann mich nicht wieder aus dem Dunkeln hereinholen. Und dann geschah im Flieger doch etwas, weshalb ich jetzt aufrecht durch den Flughafen gehe. Kurz vor Abflug stieg ein Kapitän ein und setzte sich vor mich auf den Platz am Gang. So etwas hatte ich noch nie erlebt. Ein Flugkapitän als Passagier, und dann auch noch direkt vor mir. Er war rotblond. In Uniform. Er zog das Jackett aus. Sein Hemd war kurzärmelig. Seine Arme waren die eines rotblonden Mannes, gesprenkelt mit kleinen Sommersprossen. Die Hemdsärmel zierten schwarze, goldbesetzte Galonen – man kann sie auch Tressen nennen, aber Galonen klingt besser, weil man an Galopp und Kanone denkt ... Galonen, passend zur Mütze, die ebenfalls mit Schwarz und Gold dekoriert war und die er neben sich auf dem Sitz abgelegt hatte. Die Galonen machten irgendetwas Vorteilhaftes mit seinen eigentlich recht dünnen und wie gesagt gesprenkelten Armen. Und seinen trockenen, rauen Ellenbogen. All das sah ich durch den Spalt zwischen den Rückenlehnen und wenn ich mich auf den Gang hinauslehnte. Ich bekam eine unbändige Lust, die Hand in seinen Ärmel gleiten zu lassen und die Galone, diese aufregende Galone, von innen an meinem Handrücken zu spüren. In meiner hartnäckigsten Fantasie bin ich auch in einem Flugzeug, bisher hat sie jedoch nur mit meinen Mitpassagieren gespielt: Ich, zwischen zwei unwiderstehlichen, verschiedenfarbigen Männern sitzend, alle drei angeschnallt, also mit begrenztem körperlichen Handlungsspielraum, aber freien Händen. Und Mündern. Der Flugkapitän ergänzte diese Fantasie um eine neue Möglichkeit. Bevor ich seine Galonen sah, war mir nie bewusst gewesen, dass mich Uniformteile anscheinend anturnen. Der Kapitän war eingeschlafen, sein Kopf baumelte auf den Mittelgang, die Arme hingen schlaff in Richtung Boden. Und dann wagte ich es. Ich schob meine Hand so in seinen Ärmel, dass ich den Arm kaum berührte – weil er so dünn war, blieb im Ärmel viel Platz – und rieb meinen Handrücken an der groben Galone. Erst von innen. Und danach von außen. Mit den Fingern und mit dem Handrücken. In meiner Situation hat man nichts zu verlieren. Doch dann eilte eine Stewardess mit langen Schritten den Mittelgang entlang, beugte sich über mich und flüsterte: »Bitte lassen Sie dem müden Kapitän seine Ruhe, er braucht den Schlaf, weil er in Tromsø sofort den nächsten Flug hat.«

Ich zog die Finger zurück, spürte jedoch noch eine ganze Weile das Gefühl der harten, glatten Stickerei an meiner Hand. Ich studierte ihn oder zumindest das, was ich trotz seiner Maske von ihm sehen konnte. Er erinnerte an Leslie Howard. Feingliedrig. Blass. Nicht der Typ Mann, für den ich normalerweise schwärme. Die Feingliedrigen, Blassen sind eher was für meine Mutter. Nicht dass mein Vater so aussehen würde – was er allerdings auch immer wieder zu hören bekam. Er erinnert eher ein wenig an den späten Clark Gable. (Wenn ich diese überholten Filmstars in die Gegenwart übersetzen müsste, wen würde ich dann wählen? Owen Wilson vielleicht und den kompakten Johnny Depp?) Meine Mutter nahm meinen Vater nur, weil er sie so lange verfolgt hatte, bis sie ihm, müde vom vielen Davonlaufen, das Ja-Wort gab. Als sie einmal zu ihrer Mutter nach Hause flüchtete, schubste die sie wieder zurück in die Arme meines Vaters. Sie rief ihn an und sagte: »Komm her, jetzt ist sie da.« Sie machten gemeinsame Sache. Meine Mutter kapitulierte.

Mein Begehren oder zumindest dies plötzliche Verlangen nach dem Flugkapitän wurde von den Vorlieben meiner Mutter infiziert. (Diese hellen, feingliedrigen, blauäugigen Männer, die meine Mutter so begeisterten, dass sie selbst gerne Rollkragenpullover unter Tweed-Jacketts trug.) Plötzlich hatte ich das Gefühl, sie säße auf dem Platz neben mir und würde mich lenken. Oder nein, sie saß zu Hause in Jütland, mit einer Fernbedienung.

»Aber es ist nur die Galone, Mama«, sagte ich in Gedanken zu ihr, »nicht der Mann selbst.« Und aus meinem Kopf heraus erwiderte meine Mutter träumerisch: »Nein, es ist seine Schönheit. Ich glaube, hinter dieser Maske verbergen sich gefährliche Lippen.«

Er ähnelte auch einem verstorbenen Onkel, einem Schiffskapitän, der für immer fern, melancholisch und romantisch, ja durch und durch tragisch bleiben würde, nachdem er während der Bombardierung der Alliierten mit seinem Schiff vor Hamburg gelegen hatte, durch das Öl der zerbombten Tanks verwandelte sich das Hafenbecken in einen Feuersee; er saß fest auf seinem Schiff, mitten in der Hölle. In seinem gequälten Gesicht saß eine vornehm gebogene Nase, beinahe ein Papageienschnabel, in deren Schatten er sein Leben fristete, so kam es mir jedenfalls vor, vielleicht, weil er immer nach unten sah, auch wenn er mir die Hand gab, selbst als ich genauso groß geworden war wie er. Dabei war es das Erlebnis in Hamburg, das sein restliches Leben überschattete. Er hätte Hilfe gebraucht, nicht nur eine Familie, die über den brennenden Hafen tuschelte, wenn er den Tisch verließ und sich in seinen Ohrensessel zurückzog. Und jetzt denke ich an die ikonischste aller Ikonen, ein Stück lähmende Dramatik in Schwarz-Weiß aus demselben Weltkrieg: die Kamikaze-Piloten, als Gruppe versammelt auf der Startbahn, im Hintergrund die Flugzeuge, deren Motoren warmlaufen, jeder Pilot leert ein kleines Glas (Sake?), ihre Kopftücher flattern senkrecht im Wind, sie schlagen die Hacken zusammen und salutieren vor dem Kaiser und marschieren dann wie auf Kommando zu ihrem jeweiligen Bomber, um für den Kaiser und das japanische Vaterland in den Tod zu fliegen.

Wir landeten, und ich hätte fast meinen Schal vergessen, denn jetzt war der Kapitän wach und fesselte meine ganze Aufmerksamkeit, ich sah, wie er sich die Augen wischte, die Maske hochzog und mit der Hand über seinen in der Tat verführerischen Mund fuhr, von dem ein feiner Speichelfaden herabhing. Es ist ein rotkarierter Schal aus hundert Prozent reiner Lammwolle, hergestellt in Schottland; im Fernsehen sah ich den Prinzen, nicht Harry, sondern den anderen, mit genau dem gleichen Schal. Da ich mich schon länger leicht derangiert fühle und nicht die Kraft habe, viel aus mir zu machen, beflügelte mich diese Übereinstimmung mit der Garderobe eines Prinzen ein wenig. Sie überraschte mich auch, ja, es weckte beinahe mein Misstrauen, dass er etwas trug, das für ihn am untersten Ende der Preisskala liegen musste; denn ich sah sofort nach, was der

Schal gerade kostete, über tausend Kronen. Ich bin mir ziemlich sicher, dass ich vor zehn Jahren höchstens ein paar hundert dafür bezahlt hatte. Vielleicht trug er ihn, um ein Signal an die Schotten mit ihren eifrigen Unabhängigkeitsbestrebungen zu senden: »Bleibt brav in eurem Pferch, dann werde ich bis in alle Ewigkeit ein gutes Wort für eure Wolle einlegen.«

Ich habe nur Dunkelheit zu signalisieren, wer will die schon empfangen? Und ich habe nur meinen Bruder; aber der empfängt keine Signale.

ERZÄHLER
Ich habe das Signal empfangen. Deine Dunkelheit ist undurchdringlich, sie erinnert an Leder, an geöltes Eichenholz. Ich möchte sie einsaugen wie CO_2, sie in einen Sack stecken und von einer Brücke werfen. Die Dunkelheit muss ertränkt werden.

Man erlaube mir den Einschub, dass ich fest entschlossen *war*, in dieser Erzählung so leicht und flüchtig zugegen zu sein wie ein (von Wolken geworfener) Schatten, den der Wind über Gras oder Getreide treibt; wie eine Welle, die über die Halme rollt und sie für einen Moment verdunkelt. Oder, da wir nun einmal in einem waldreichen Land leben … wie der Wind, der an weißglasierten Kiefern rüttelt, sodass der Schnee aufstiebt und die Luft erfüllt – und meine Wangen wie Splitter trifft. Das hatte ich beabsichtigt, aber ich weiß jetzt schon, dass ich diese diskrete Rolle nicht spielen kann. Ich bin zu angefasst, zu aufgebracht, und der rosafarbene Daunenmantel, den Gustava trägt, löst etwas in mir aus; am liebsten würde ich auf die Knie sinken, in Kindshöhe meine Arme um ihre Hüften schlingen, mein Gesicht in diesen Mantel bohren und ihn knistern hören. Eine

Frau Mitte fünfzig in einem rosa Mantel, ist das nicht entzückend? Ich bin der Alterspräsident dieser Reisegesellschaft. Der Flugkapitän ist jung, der Jüngste von uns. Ältere Männer, so sagt man, so weiß man, wollen die jüngeren ausradieren, in den Krieg schicken, töten lassen – aber so groß muss der Aufwand gar nicht sein, ich kann meine Pinzette nehmen und ihn aus dem Zusammenhang zupfen wie ein Nasenhaar.

GUSTAVA

Die Stewardess eilte mir nach und überreichte mir den Schal; ordentlich zusammengelegt, sodass man die Mottenlöcher nicht sehen konnte. Es war dieselbe, die mich vorher ermahnt hatte, aber wir taten beide so, als wäre nichts gewesen. Zu meiner unerschöpflichen Flugfantasie gehört übrigens auch, dass die Stewardessen nichts am Leib *tragen*, sondern ihre zumeist blauen Uniformen direkt auf die nackten Körper gemalt wurden. Ich überlege jedes Mal, ob sie Schamhaar haben oder nicht, wenn ja, wirkt es eher bizarr als aufregend, das blaue Schamhaar.

Ich ging aufrecht vor Lust durch den Flughafen (oder vielleicht eher leicht zurückgelehnt vor Lust, sodass die Hüften voranschritten und mich trugen oder hinter sich herzogen), mit meinem Rollkoffer und seinem grässlichen Geräusch. Wenn ich nicht solche Nacken- und Rückenschmerzen davon bekäme, würde ich einen Rucksack tragen. (Es gibt Orte, an denen man das touristische Geräusch zu bestimmten Tageszeiten verboten hat, diese rumpelnde, stoßweise Eroberung der Welt. Wenn ich auf der Straße entlanggehe und hinter mir jemand mit einem Rollkoffer kommt, werde ich schneller oder ändere die Richtung.)

Während ich dort entlangging, rief mein Bruder Mikael an. Er ist pummelig und trägt Seidenkimonos in kräftigen Farben von Fortuny. Nur im Haus – aber das verlässt er auch nur selten. Ich weiß nicht, ob er jemals Gäste empfängt, die sich an dieser Ausgabe von ihm erfreuen; abgesehen von mir, seiner unverzichtbaren großen Schwester, und seiner Putzhilfe Bruno. Oder ob er sich nur im Spiegel und in uns sieht. Ich habe es aufgegeben, ihn in die Welt hinauszuziehen. Er weigert sich. Ich liebe ihn mehr und mehr mit jedem Jahr, das vergeht, aber er ist zu abhängig von mir. Ich habe ihn nicht immer geliebt. Nicht, als er ein kleiner Junge war, dessen Füße nach innen zeigten; er stand immer so da, dass seine Knie beinahe zusammenstießen. Doch, ich habe ihn auch damals geliebt, aber nur innerhalb unserer eigenen vier Wände. Das klingt und ist traurig: dass er nur in Innenräumen geliebt und wertgeschätzt wurde.

ERZÄHLER
Er geht selten weiter als in den Garten hinaus.

GUSTAVA
Wir hatten dieselbe Vorliebe für Plüschtiere. Damals, in meiner geschützten Kindheit und der schutzlosen meines Bruders, reihten wir unsere über hundert Stofftiere in unserem unendlich langen Flur auf, sie waren die Patienten, sie sollten geimpft werden, mit einem Küchenmesser. Ich trug jeden einzelnen zu meinem Bruder, der mit dem Messer bereitstand, in einem Kittel, den wir von meinem Vater geliehen hatten (doch später, als Erwachsene, war ich es, die Ärztin wurde), oder wir gossen einen trüben Sud, den wir mit Beeren aus dem Garten herge-

stellt hatten, gegen ihre trotzig verschlossenen Münder und redeten ihnen gut zu. Besonderes einfallsreich war das nicht, denn in der Klinik meines Vaters konnten wir ähnliche Vorgänge beobachten; aber *wir* hatten die meisten Patienten. Später drückte ich meinen Patienten zum Trost ebenfalls Kuscheltiere in die Arme, »begnügen Sie sich bitte damit, in diesen Augen zu ertrinken«, sagte ich oder »wiegen Sie ihn hin und her, wenn die Einsamkeit zu groß wird«, und den Sexsüchtigen sagte ich: »Reiben Sie Ihr Gesicht an seinem Fell, und wenn unbedingt nötig, können Sie auch seine Schnauze in den Mund nehmen.« Die Schnauze, die Nase, konnte aus Glas, Plastik oder mehreren Schichten Fäden übereinander bestehen, oder aus einer Füllung unter dem Pelz, die eine Schnauzenbeule bildete. Es waren die Stofftiere aus meiner Kindheit, die ich an meine Patienten weitergab – die sie meist auch annahmen und eine Weile als ihren Talisman betrachteten. Sie füllten einen ganzen Schrank. Ich hatte sie in die Reinigung gegeben, ehe ich sie weiterreichte, um sie vom Schmutz meiner Kindheit zu befreien.

Außerdem hatte ich ein Plüschtier, das ich an die Klinke meiner Praxis hängte, als Zeichen, dass gerade besetzt war und ich mit einem Patienten dort drinnen saß. Es war eine Eule, ein weiser Vogel an der Schwelle zu dem, was ein Ort voller Weisheit sein sollte.

In der Schule war es anders, dort mied ich meinen Bruder. Er stand im Schulhof wie ein vom Himmel gefallenes Unglück. Erst wenn der Schultag vorbei und die Tür zur Welt fest verschlossen war, redeten wir wieder miteinander; wie auf Befehl wandten wir uns unseren Patienten zu, den Stofftieren; dem alten Bären, der unserer Mutter gehört hatte und aus dem die

Sägespäne rieselten, weshalb er oft neue Pflaster brauchte; dem Elefantenpaar Grauer und Rosa, sie war kleiner als er und weiß, beide hatten Gummistoßzähne; und den vielen anderen unwiderstehlichen Plüschkerlchen. Kapok, Sägespäne oder Lockenwolle, das waren ihre inneren Möglichkeiten, je nachdem, aus welcher Epoche sie stammten; es war immer ein bisschen spannend, ein Loch in das Stofftier zu bohren, den Finger hineinzustecken und zu fühlen, was es ausfüllte.

ERZÄHLER
Du warst damals schon eine Fummlerin.

GUSTAVA
Im Laufe der Zeit, in dem mir das Leben zunehmend beängstigend und zerbrechlich vorkommt, an manchen Tagen völlig unmöglich, als würde auch ich auf einem Schulhof stehen, vielleicht nicht allein, aber doch zu nichts anderem fähig, als zu nicken und nicken, während die anderen reden und reden ...

ERZÄHLER
... zu nicken und nicken, selbst vor Mikael mit seinem breiten, ein bisschen aufgedunsenen Gesicht, dessen Krater von opulenten Pubertätspickeln dich, wie ich bemerkt habe, dazu verlocken, mal kurz einen Finger daraufzulegen.

GUSTAVA
... sind wir einander noch näher gekommen, mein Bruder und ich. Aber das reicht nicht, um mein Leben zu erfüllen. Wenn ich denn nach Erfüllung suche. Wir sind beide allein, so ist es ge-

kommen; ich verstehe es nicht ganz, denn wir entstammen einer Familie, die man wohl als halbwegs gesund und gewöhnlich bezeichnen muss. Wir hatten nie große Probleme. Jedenfalls nicht, ehe meine Mutter begann, Enkel zu fordern – ausgerechnet von mir, die ich nicht einmal einen Partner hatte. Am Ende wurde es so nervenaufreibend, dass ich den Kontakt zu ihr abbrach. Es gibt Menschen, die sich bei einer Vermittlungsfirma falsche Partner leihen und sie zu Familienfeiern mitnehmen, um die Verwandten zufriedenzustellen – und wenigstens eine Zeitlang Ruhe vor dem Heirats- und Nachwuchszwang zu haben. Das hätte ich als demütigend empfunden. Allein diese Geschichte, die um die Welt ging: Ein chinesischer Sohn hatte sich eine solche falsche Partnerin gemietet, die er zu seinen Eltern nach Wuhan mitnahm und ihnen als ihre künftige Schwiegertochter vorstellte, doch während dieses Besuchs wurde die Tür des Mietshauses wegen der Pandemie mit Eisenplatten vernagelt, damit niemand hinein- oder hinauskam. Für Wochen, vielleicht sogar Monate, waren die Falschen und die Wahren (oder Wirklichen) zusammen eingesperrt. Wie das wohl ausging? Verliebte sich das falsche Paar ineinander? Enthüllten die beiden den Betrug? Starben sie an Corona? Ein Wunder, dass die Geschichte noch nicht verfilmt worden ist.

Als ich meiner Mutter sagte, dass ich diese Welt nicht als geeigneten Ort für Kinder ansehe, schnaubte sie nur: »Wenn du den Klimawandel meinst, was sollen wir denn sagen? Wir haben nach Hiroshima Kinder bekommen, oder nach Tschernobyl.«

»Und das hättet ihr vielleicht besser bleiben lassen.«

»Kinder bekommt man nicht den Kindern, sondern sich selbst zuliebe«, sagte sie.

Und dann die alte Leier, ob ich denn nicht für mein Leben dankbar sei, und froh, geboren worden zu sein, und sie habe ein Recht darauf, Großmutter zu werden, denn es sei ein Menschenrecht, zu erleben, wie die Familie weitergeführt wird. Mein Vater hatte ältere Brüder, die inzwischen gestorben sind, sie waren kinderlos. Meine Mutter ist Einzelkind. Mein Bruder wird niemals Kinder bekommen. Ich habe niemals Kinder bekommen. Wir sind Äste ohne Zweige, die reinsten Abgründe. Ich saß ihr gegenüber und schüttelte den Kopf, obwohl es nicht leicht war. Meine Mutter hat ein langes und strenges Gesicht. Ihretwegen werde ich mich bis an mein Lebensende vor Frauen fürchten. Ich habe keine Freundinnen. Ich habe Kolleginnen – oder besser gesagt: hatte. Mein Vater versuchte dafür zu sorgen, dass sie mich in Ruhe lässt. Doch sie ist die Herrin im Haus und bestimmt dort alles, so war es schon immer, und jetzt hatte sie sich nun einmal in den Kopf gesetzt, dass die Schritte kleiner Füße in diesem Haus widerhallen sollten, und meistens gab er am Ende auf und schlich in die Klinik hinüber. Ich konnte nicht länger dort arbeiten, ich musste meine psychiatrische Praxis im ersten Stock schließen und in eine andere Stadt ziehen. Familienunternehmen haben auch eine Kehrseite. Obwohl ich mich räumlich entfernt hatte, die Stadt gewechselt, fühlte es sich an, als würde ich (nach einem tiefen Fall) bis zum Bauch im schwarzen Herzen meiner Mutter feststecken, einem Ort, an dem ich unerwünscht war und nicht gemocht wurde, wenn ich nicht tat, was man von mir erwartete; und nun steckte ich also in diesem Herzen fest und konnte mich nicht befreien.

Ich war dreimal schwanger und habe jedes Mal abgetrieben. Beim ersten Mal war ich sehr jung, die nächsten beiden Male jung. Als ich zum dritten Mal schwanger zum Arzt kam, einem freundlichen Mann, der mich viel später einmal an Weihnachten wegen Schmerzen in der Brust behandelte, fragte er mich vorsichtig, ob ich mir sicher sei; ich hätte ja das passende Alter, sagte er; ich war fünfundzwanzig. Ich war mir sicher, bis ich im OP lag. Vorher hatte man mir ein Beruhigungsmittel gegeben, und als ich die Narkose bekommen sollte, setzte ich mich auf und weinte und sagte, ich würde es bereuen, ich wolle es doch nicht; aber eine Krankenschwester drückte mich zurück auf die Behandlungsliege und sagte, dafür bliebe jetzt keine Zeit mehr, ich solle vernünftig sein. Die Narkose fühlte sich an, als wäre ich von einem Angreifer überwältigt worden, ich kämpfte dagegen an, wurde jedoch von der Übermacht außer Gefecht gesetzt. Anschließend war ich eine Zeitlang traurig. Meine Eltern wussten von meinen drei Abtreibungen. Sie befürworteten sie. Denn ich war jung und studierte noch, und mein Lebensweg war bereits vorgezeichnet. Später, als meine Mutter ihr Pfund Fleisch, einen Nachkommen, von mir verlangte, sagte ich zu ihr: »Nach drei Abtreibungen, die du-du-du gutgeheißen hast, soll ich dir jetzt ein Kind schenken?«

ERZÄHLER
Du redest von der Entscheidung, Kinder zu bekommen oder nicht; aber dieser Zug ist doch wohl abgefahren?

GUSTAVA

Ich rede davon, wie die Misere begann.

Sie haben meinen Bruder und mich sehr unterschiedlich erzogen, behauptet jedenfalls mein Bruder. Er sagt, er sei schon früh in seinem Leben aufgegeben und dazu verbannt worden, im Schatten zu wachsen. Dort (im Schatten) entwickelte er seine Vorliebe für kräftige Farben, daher die Kimonos von Fortuny. In *Die Entflohene* kauft Marcel ein Fortuny-Kleid für Albertine. Mikael kauft für sich selbst bei Fortuny, online.

ERZÄHLER

Was Mikael betrifft, muss man sich die jugendliche Ausgabe von ihm als einen dieser Stubenhocker vorstellen, in deren Zimmern ein Mief von Socken hängt, die derart steif sind, dass sie allein zum Wäschekorb laufen könnten; aber er träumte in seiner Stube hockend nicht von Waffen und Amokläufen. Er träumte still von Geld und stieg früh in den Aktienhandel ein. Und wie er das konnte. Er machte es zu seinem Hauptberuf. Er wurde wohlhabend. Und es ließ sich von zu Hause aus erledigen. Die erwachsene Ausgabe von ihm erinnert an die jugendliche: Stubenhocker, aber jetzt im eigenen Haus, im Seidenkimono, und um eine Freude reicher, weil er in den Garten gehen kann. Er lebt buchstäblich in seiner eigenen Welt. Er ist ein großer Leser. Es scheint, als könnte er zunehmend schwerer erkennen, wo die Fiktion endet und die Wirklichkeit anfängt und umgekehrt. Darin unterscheidet er sich nicht groß von vielen seiner Zeitgenossen; er gehört bloß zur alten Schule, er schöpft nicht aus dem Internet (außer bei seinen Transaktionen natürlich), sondern aus Romanen und Zeitungen. Und er gehört nicht zu den Leuten, die sich in einer virtuellen Horde gegenseitig an ihrem Wahnsinn berauschen, bis sie ihm irgendwann freien Lauf lassen und schließlich, auch real vereint, in großer Zahl aufmarschieren.

Mikael ist allein mit seinem Kopf, der ihn an der Nase herumführt.

GUSTAVA

Was mich betrifft, war mir von Anfang an klargemacht worden, dass ich in die Fußstapfen meines Vaters treten und die Klinik weiterführen sollte. Mein erstes Fachgebiet war die Anästhesie: Ich versetzte Menschen in einen künstlichen Schlaf, damit sie keinen Schmerz empfanden. Mein nächstes Fachgebiet wurde die Psychiatrie: Ich versuchte, meine Patienten dazu zu bewegen, sich ein besseres Leben herbeizureden, indem sie sich durch den Schmerz hindurchkämpften.

Mein Bruder rief an, um zu hören, ob ich gut gelandet sei. Natürlich kennt er das eigentliche Ziel meiner Reise nicht: in der Fremde zu sterben, weit weg von zu Hause. Er glaubt, ich wäre nur hergekommen, um das Nordlicht zu sehen. Dafür eignet sich Tromsø vorzüglich. Ursprünglich hatte ich mir vorgestellt, nach Yellowknife zu fahren, das berühmt für seinen Polarlichttourismus ist, aber die Länge der Flugreise brachte mich wieder davon ab, von Kopenhagen aus ist es dreimal so weit dorthin wie nach Tromsø. Ich möchte nur eine moderate Klimasünderin sein.

ERZÄHLER

Ja, ich war davon überzeugt, dass du nach Yellowknife fahren würdest! Und es ist schon ziemlich lange her, dass ich eine Karte über das kanadische Nordwest-Territorium an meine Schlafzimmerwand hängte, eine Karte, die überwiegend menschenleere Gegenden und Wasser zeigte. Die Karte versetzte mich zeitlich zurück in meine Kindheit, als ich Bücher las über Silver King, so hieß der Held, ein Wolfshund, und über seinen Begleiter Peter Thorne von der berittenen Polizei, auch Wildnis-Polizei genannt, gemeinsam bekämpften sie in mehreren Bänden Banditen im nordwestlichen Kanada und sorgten für Gerechtigkeit. Mittlerweile hängt die Karte schon so ewig dort, dass sie ein Teil der Einrichtung geworden ist, etwas vertrautes Gelbliches (die menschenleeren Landstriche) und vertrautes Bläuliches (die großen Seen) an der Wand des Zimmers, in dem ich den Großteil meines Lebens verbringe. Doch an diesem Morgen *sah* ich die Karte schließlich wieder, die gefährlichen, anziehenden Gegenden traten hervor und in mein Bewusstsein, genauso unbekannt, wie sie mir auch in Wirklichkeit sind, denn ich war immer nur in der Literatur dort gewesen, gemeinsam mit Silver King. Du bist nach Tromsø gefahren, und ich werde wohl nie nach Yellowknife kommen. Immerhin hast du dich für die Arktis entschieden. Im Gegensatz zu Peter Thorne und Silver King willst du *nicht* alles daransetzen, in der barschen Wildnis zu überleben; ganz im Gegenteil.

Übrigens wohnen in meinem Haus drei Norweger, nur um zu erwähnen, dass ich auch ein bisschen was über Norwegen weiß. Die Nachbarn über mir sind ein norwegisches Paar. Oft sickern mittags oder abends himmlische Düfte in meine Küche hinunter, ich strecke die Nase in die Luft und wittere Fårikål.

Die Frau bewegt sich, so schnell sie kann, ohne zu rennen; mit dem Alter hat ihr Gang etwas Stolperndes angenommen, vor allem, wenn sie jemandem begegnet und trotz ihres hohen Tempos höflich bleiben will. Das kann ich beobachten, wenn ich ihr draußen in die Arme laufe oder vom Fenster aus. Vielleicht ist sie es auch, die abends so energisch durch die Wohnung läuft, dass die Glastür zwischen meinem Schlafzimmer und dem Wohnzimmer ächzt, zittert, bebt; manchmal poltert es dort oben so heftig, als würde jemand vom Wohnzimmer aus an meine Glastür klopfen, oft dreimal hintereinander, was mir Unbehagen bereitet. In den zehn Jahren, die wir hier schon gemeinsam leben, ist unser Haar weiß geworden, das gilt für uns alle.

Jedes Frühjahr kerchern sie ihren Balkon, durch die Stäbe dort oben fallen Wassergardinen herab, und ein Teil davon bis zu mir, sodass auch mein Balkon ein wenig gesäubert wird.

In einer der oberen Etagen wohnt eine alte norwegische Frau, allein. Das Paar und die Frau kannten einander nicht, bevor sie zufällig ins selbe Haus zogen. Ich habe sie einmal gefragt, ob sie verwandt seien, aber nein. Ich hatte mir vorgestellt, die alte Frau wäre vielleicht die Mutter des Mannes oder der Frau, die ein Paar bildeten. Aber es ist reiner Zufall, dass in zwei der zehn Wohnungen in meinem Haus Norweger leben.

GUSTAVA

Ich weiß nicht genau, was ich dazu sagen soll. Aber Mikael wollte auch hören, wie die Landschaft aus der Luft aussah. Er hat Flugangst, fliegt nie.

»Endlose Schneefelder«, sagte ich, um ein bisschen Schönheit und Abenteuer über ihm zu verstreuen, obwohl meine Sicht – in den kurzen Momenten, in denen ich mich vom Anblick des Flugkapitäns hatte losreißen können – stark eingeschränkt gewesen war, »und Nadelwälder. Es sah aus wie eine Stickerei, die Tannen, mit grünschwarzem Faden auf weißen Stramin gestickt und mit Schnee bestäubt. Und von Klippen umgebene Seen.«

»Wie sehr ich mich nach einem Schneesegen sehne«, sagte er, »nicht nur mit Regen; Regen, Regen, Regen, fast jeden Tag. Ich könnte mir vorstellen, nur für einen Moment wieder ein kleiner Junge zu sein und rücklings auf meinem Holzschlitten zu liegen und durch eine vollkommen weiße Landschaft gezogen zu werden, von dir, Schwester, zum Geräusch deiner knirschenden Schritte im Schnee. Ich erinnere mich, wie du das am Abend meines fünften Geburtstags getan hast. Weder Mama noch Papa hatten Lust. Aber *du* hast es getan.«

»Ich lächle dich durchs Telefon an«, sagte ich zu ihm, »ich umarme dich in Gedanken. Ich drücke dich schwesterlich an mich«, sagte ich unter Aufbietung aller Fröhlichkeit dieser Welt. Doch er hörte die Dunkelheit in meiner Stimme und fragte: »Bist du sicher, dass alles in Ordnung ist?«

»Ja, ist es. Ich bin nur ein bisschen müde.«

Es wäre ein naheliegender Gedanke, dass ich so traurig auch wieder nicht sein kann, wenn mich die Begierde derart überkommt wie gerade eben im Flugzeug. »Können Sie essen, arbeiten, schlafen, haben Sie Lust auf Sex?«, frage ich meine Patientinnen und Patienten, wenn ich feststellen will, ob sie an einer Depression leiden. Aber ich bin nicht depressiv, ich kann das alles durchaus; es sitzt viel tiefer. Ich habe eine Grenze erreicht. Es gibt keine weiteren Möglichkeiten, oder sie sind erschöpft, das hat etwas mit der schwarzen Scheibe zu tun, die nicht wie eine Guillotine fällt, sondern sich, ganz im Gegenteil, betrüblich langsam herabsenkt. Es hat etwas damit zu tun, dass ich schon so oft von vorn angefangen habe und keine Kraft mehr besitze, es noch einmal zu tun.

Vor der »Zeit der Scheibe«, wie ich sie in Gedanken nenne, durchlief ich eine Phase, in der ich selbst wie ein Wasserfall redete; ich erinnere mich vor allem an den Monolog über meine Angst vor der Dunkelheit und wie ich diese Angst nach Jahrzehnten überwand. Natürlich sollte das als Beispiel dafür dienen, dass Veränderung tatsächlich möglich ist. Den Patienten, der meine lange Ausführung mitanhören musste, sah ich nie wieder.

An dieser Stelle muss ich ergänzen, dass ich in dieser Phase meines Lebens in einer Art Rumpelkammer praktizierte. Ich hatte zwei möblierte Zimmer in einer großen Wohnung gemietet, das eine diente als Wartezimmer, das andere als Sprechzimmer, in dem ich meine Patienten empfing. Das Inventar ... es standen viel zu viele Möbel in dem kleinen »Sprechzimmer«: zwei Sofas, dazwischen ein brauner Wollteppich, auf dem ein breiter blauer Kacheltisch thronte. Zumindest das eine Sofa war groß und schwer. Man musste sich an ihm vorbeizwängen. Der jeweilige Patient und ich saßen uns frontal auf unserem jeweiligen Sofa gegenüber, mit dem blauen Kacheltisch wie einem aufgewühlten Ozean zwischen uns. Dieses Zimmer ruinierte mich als Psychiaterin. Ich hörte mit dem Zuhören auf und begann mit dem Reden, ich trat über alle Ufer, und eine Menge alter Dreck wurde hervorgeschwemmt. Wie ebenjene Angst vor der Dunkelheit.

ERZÄHLER

Ich stand auf dem Flur, vor dem mit Möbeln vollgestopften Interims-Sprechzimmer und hörte deine Stimme, die gar nicht mehr aufhörte. Ich rang die Hände. Ich wusste, jetzt warst du nicht mehr zu retten. Ich bezeugte deinen Untergang. Die ist am Ende, sagte eine Stimme in mir. An der Türklinke hing wie immer die Eule mit dem gelben Blick, ein »Besetzt«-Schild um den Hals. Sie war überflüssig. Im Wartezimmer saß niemand.

GUSTAVA

»Vor kurzem dann, an einem Abend, an dem ich so tief am Boden war, dass ich mir einbildete, mir wäre es egal, wenn jetzt jemand kommen und mich umbringen würde, habe ich mich auf meine gute Schlafseite gelegt und das Gesicht zur Wand gedreht«, sagte ich zu meinem Patienten. »Wie ich so dalag, wurde ich dann doch ein wenig unruhig und bekam den Drang, mich erneut umzudrehen, aber ich habe mir selbst gesagt: In über fünfzig Jahren ist das Schlimmste nicht passiert, warum sollte es ausgerechnet heute Nacht so weit sein? Am nächsten Abend knipste ich das Licht aus. Am Abend darauf zog ich eine Schlafmaske auf. Und am übernächsten Abend benutzte ich Ohrenstöpsel. In meine eigene lautlose Dunkelheit eingeschlossen, in einem dunklen Haus, außerstande, den Raum zu kontrollieren – so weit bin ich inzwischen«, sagte ich am Ende meines, wie mir meine Uhr verriet, halbstündigen Selbstgesprächs zu meinem müden Patienten. »Ich schlafe, als würde mich jemand dafür bezahlen.«

»Aber ich bezahle Sie nicht fürs Reden«, sagte er, »ich zahle, um selbst reden zu können, ungestört und ohne das Gefühl, einen Mitmenschen mit meinem Gerede zu belämmern.«

ERZÄHLER

Als der Patient die Tür hinter sich geschlossen hatte, verstärkte der Anblick des Vogels an der Klinke seine Unzufriedenheit. Er packte das Plüschtier, öffnete die Tür erneut und schleuderte es vor dir auf den Tisch. Er ließ sich nie wieder blicken. Und du legtest die Eule in eine Schublade.

GUSTAVA

Vor der Katastrophe in dem überladenen Zimmer, wo ich mich in einen Wasserfall aus Worten verwandelte, hatte ich innerhalb von nur zwei Jahren drei oder vier Mal den Job gewechselt und in drei verschiedenen Städten gewohnt, ich möchte nicht näher darauf eingehen, nur verraten, dass es Probleme mit der Klinikleitung gab, und Probleme mit den Kollegen, ich kann nach bestem Wissen und Gewissen sagen, dass es nie meine Schuld war. Und so praktizierte ich wieder privat (wie zu meiner Zeit in der Familienpraxis) und mietete diese beiden Zimmer: ein Wartezimmer, das in der Regel leer war, und das Katastrophenzimmer mit dem Teppich, der so braun war wie die Erde. Bis dahin hatte ich oft gute Erfolge mit meinen Patienten erzielt. Ich hörte zu. Ich verurteilte niemanden. Das merkten sie.

Und jetzt möchte ich die Vergangenheit gern ruhen lassen und den Flughafenbus ins Zentrum von Tromsø nehmen.

Doch zunächst hielt ich inne und betrachtete eine Skulptur aus einem ausgestopften Eisbären und einer ausgestopften Robbe. Die Robbe war gerade dabei, durch ein Loch in einer Platte zu verschwinden, die Eis darstellen sollte; konnte sie dem Eisbären entkommen oder würde er sie noch erwischen? Zu wem sollte ich halten? Wenn ich Naturfilme sehe, ergibt es sich normalerweise von selbst, dass ich Partei für die Gejagten ergreife.

    Vor dem Eisbären stehend, wurde mir schwer ums Herz. Wir wissen alle, wie schlecht es um sie steht, jetzt, da das Eis schmilzt. Sie hungern. Sie kommen in die Städte und wühlen in Mülltonnen und werden erschossen. Es gibt Patrouillen – eine Zeitlang habe ich sie mit einer monatlichen Spende unterstützt – die Eisbären aus den Städten hinausführen, zurück in den Hunger. Auch wenn ich im Fernsehen in die Natur hineingerate, ergeht es mir so (schweres Herz), ich denke nur daran, wie zerstört sie ist, die Schönheit verweist direkt auf die künftige Auslöschung. Wir haben unsere Chancen in dieser Welt aufgebraucht. Sie ist nicht mehr zu retten. Ich habe keine Nachkommen und kann es mir erlauben, direkt in den Abgrund des totalen Pessimismus zu treten. Es gibt keinen kleinen Menschen, für den ich bei Laune bleiben und auf das Licht am Horizont zeigen muss. Was für eine Erleichterung. Umarme mich, Dunkelheit.

Ich hatte Lust, den Eisbären zu berühren; ausgestopfte Tiere sind die großen Brüder der Plüschtiere, könnte man wohl sagen. (Da ich keine Kinder habe, darf ich es mir auch erlauben, so infantil zu sein, wie ich will. Wäre ich weniger infantil, wenn ich ein Kind hätte? Das ist nicht mal sicher.) Aber so eine Berührung führt bestimmt nur dazu, dass irgendjemand herbeistürmt und mich ausschimpft. Als ich ein Kind war, sagte mein Großvater oft zu mir, ich sei zu gut für diese Welt, oder er sagte es über mich: »Gustava ist fast zu gut für diese Welt«, das verkündete er bei mehreren Gelegenheiten und betrachtete mich ernst. Es stimmte nicht, das war und bin ich nicht.

Aber inzwischen ist es mit mir so weit gekommen, dass ich es nicht mehr ertrage, auf dieser Welt zu sein.

Es war unerhört befreiend, als ich aufhörte, gegen den Missmut anzukämpfen, und mich stattdessen hineinsinken ließ. Das widersprach allem, was ich selbst gelernt und anderen beizubringen versucht hatte – dass man sich nicht unterkriegen lassen sollte. Dass sich auf der anderen Seite des Schmerzes etwas zeigen werde, wenn schon kein neuer Weg, dann doch eine Neugier, eine geschärfte Aufmerksamkeit gegenüber Phänomenen auf dieser Welt und der Drang, sich danach auszustrecken.

Wenn man aufhört, dagegen anzukämpfen, denkt man erst, der Schmerz würde größer werden; denn man müht sich ja gerade deswegen ab, weil man versucht, den Schmerz im Zaum zu halten (oder ihn bestenfalls ganz loszuwerden). Und wenn man loslässt, fühlt es sich anfangs auch tatsächlich schlimmer an … aber nach einiger Zeit kommt die Befreiung, die Verschmelzung, womit ich meine, dass man nicht mehr zwei Personen gleichzeitig zu sein braucht: diejenige, die sinkt, und diejenige, die versucht, die Sinkende hochzuziehen. Jetzt ist man nur eine. In Übereinstimmung mit sich selbst. Sinkt man. Und worauf sinkt man zu? Den Wunsch, zu sterben. Auch das ist in Ordnung, sagte ich mir, du musst sterben dürfen. Das Modigliani-Gesicht meiner Mutter (Modigliani ohne Lieblichkeit) offenbarte sich mir und wendete ein, dass sie mich unter Schmerzen geboren habe – und im Gegenzug könne ich doch wohl wenigstens gegen den weitaus geringeren seelischen Schmerz ankämpfen, der mich plage.

Bevor ich den Kampf aufgab, brachte ich die Sache für mich auf den Punkt, ich analysierte die Ursache meines Elends bis ins Unendliche. Ich sagte: Du bist zu oft umgezogen, du hast zu oft deinen Job gewechselt, zu oft ein Verhältnis zu Kollegen, Patienten, Wohnungen, Gebäuden, Parks aufgebaut. Du hast dich zu oft verabschiedet. Ja, du fühlst dich wie ein Knopf, der abgefallen ist und jetzt verlassen daliegt, während die Kleidung mit dem Menschen weiterspaziert ist. Zusammenhanglos. Allein. Ohne eine Zukunft, der du entgegensehen kannst, weil du zu dem Schluss gekommen bist, dass du keinen neuen Job in einer neuen Stadt suchen und noch einmal von vorn anfangen willst.

Ich gehöre zu der Gruppe der »glücklichen Depressiven«, und wir sind am gefährlichsten – für uns selbst. Wir sind glücklich, oder besser gesagt *erleichtert*, weil die Entscheidung getroffen ist. Wir gehen bis zuletzt unverdrossen unserer Beschäftigung nach. Und niemand schöpft Verdacht.

Mein letztes Zuhause war ein Zimmer zur Untermiete mit Küchenzugang. Ich kündigte meinen Mietvertrag und bezahlte meine letzte Miete. Ich putzte. Ich entfernte die Haare aus meinen Bürsten und Kämmen. Ich schrubbte die Töpfe, selbst die Böden, von außen. Ich löschte Dokumente auf meinem Mac, Tagebuchnotizen, Bewerbungsentwürfe, Fotos, ich löschte auch den Suchverlauf; mein Bruder sollte meinen Weg über die Selbstmordseiten nicht nachvollziehen können. Ich stellte mir selbst ein Rezept aus. Tod durch Tabletten. Frauen und Gift haben schon immer gut zusammengearbeitet. Ich kaufte mein Ticket nach Tromsø, mit Zwischenlandung in Oslo. Und klappte meinen Mac zum letzten Mal zu. Ich packte einen Koffer mit warmen Anziehsachen und schleppte meine restlichen Klamotten zu einem Altkleidercontainer. Ich konnte mich allerdings nicht überwinden, meine Bücher zu entrümpeln. Warum auch? Mikael würde sie bestimmt gern übernehmen. Also schichtete ich sie in Stapeln auf den Boden, ganz gerade, wie mit dem Lineal ausgerichtet. Ich zählte sie. Es waren 568, überwiegend Belletristik, aber natürlich auch Fachliteratur. Allein der Gedanke daran, wie oft ich sie schon in Kisten verpackt hatte und mit ihnen umgezogen war, machte mich müde.

Dann kam das Schwere: der Brief an meinen Bruder und der Brief an meine Eltern. Dicke Bögen in getrennten Umschlägen. Ich legte meine beiden Facharzt-Diplome, meinen Lebenslauf und meine Examensurkunden in den Umschlag an meine Eltern und schrieb: »Das erscheint mir alles miteinander sehr fern, es löst keinerlei Gefühle in mir aus, nur die Feststellung: Es war eine Plackerei, es war hart, anstrengend, verantwortungsvoll. Aber häufig war ich dabei glücklich selbstvergessen. Danke für die Inspiration, in deine Fußstapfen zu treten, Vater. Danke, Mutter, für all die Tabletts mit Mahlzeiten, die du für mich die Treppe hinaufgetragen hast, damit ich meine Lernphasen nicht unterbrechen musste, um mit euch anderen zu essen.« Ich ergänzte ein PS: »Wann bemerkt ihr eigentlich, dass ihr einen wunderbaren Sohn habt, der lange im Schatten gefunkelt hat?«

Ich hatte Lust zu schreiben: »Mutter, mit deiner Forderung nach einem Enkelkind hast du deine eigene Tochter aus der Stadt ihrer Kindheit getrieben, sodass sie seither von Ort zu Ort gespült wurde und von Job zu Job, wie Wasser auf einer Wassertreppe.« Aber ich schrieb es nicht.

Ich habe gerade keine Lust, mich mit dem Brief an meinen Bruder zu beschäftigen. Es war schwierig, kurz vorher mit ihm zu telefonieren und zu wissen, dass er ihn in nächster Zeit lesen würde, ich fühle mich mies angesichts meines Betrugs; und damit, ihn einsam zurückzulassen. Aber vielleicht hat er ein geheimes Leben oder wenigstens ein einziges Geheimnis; genau wie ich selbst. Das hoffe ich. Und hoffentlich ist es ein weniger düsteres als meins.

In genau einer Woche wird meine Vermieterin den Schlüssel in die Tür meines verlassenen Zimmers stecken. Mein Mietverhältnis ist beendet, und sie wird das Zimmer für jemand anderen vorbereiten. Sie wird meinen bereinigten Mac und die beiden frankierten und adressierten Briefe finden, samt einem großen Geldschein, an den ich die Bitte geheftet habe, die Briefe einzuwerfen.

Ich verließ ein Zimmer, das ein Joch gewesen war. In dem ich zur Miete gewohnt hatte, aber nicht sehr lange. Wenn ich an mich selbst in diesem Zimmer denke, sehe ich eine Maus vor mir. Eine, die hervorkommt, wenn es menschenleer ist, über den Boden flitzt und beim kleinsten Geräusch wieder Schutz sucht in ihrem Loch. Allerdings war das Zimmer immer menschenleer, woran denke ich also? Ich denke an ein Schicksal und an die Last der Beschaffenheit dieses Zimmers. Ich hatte das Gefühl, es wäre jemand da, aber es war nur das Zimmer selbst, vor dem ich mich gewissermaßen verstecken musste. Das Zimmer lastete so schwer auf mir wie ein Sack oder wie ein Geschwür kurz vor dem Platzen, ständig kurz davor. In diesem Zimmer zu sterben wäre gleichbedeutend damit, von einem Balken zerquetscht zu werden – bei einem Einsturz. Ich möchte im Freien sterben, an einem Ort ohne Wände und Decke, unter dem Himmelszelt, am liebsten bei Nordlicht, von dem ich mir vorstelle, es würde den Raum zerfließen, ihn so instabil erscheinen lassen, dass es unmöglich ist, den Abstand zu irgendetwas einzuschätzen. Dass ich keine Grenze spüre, den Tod nicht spüre.

Ich werde so leicht sterben wie mein Namensgeber, jedoch unter einem anderen Himmel, bei anderer Witterung.

ERZÄHLER

Gustava wurde von ihren Venedig liebenden Eltern nach Gustav von Aschenbach benannt, der Hauptfigur in *Tod in Venedig*, aber sie fand ihren Namen überkandidelt und nannte sich stattdessen oft einfach nur G.

Aschenbachs Tod verläuft wie folgt: Er sitzt in seinem Liegestuhl am Lido und sackt in sich zusammen. Den Todeskampf hat Thomas Mann Tadzio überlassen. Kurz bevor Aschenbach seinen letzten Atemzug tut, prügeln sich vor ihm im Sand zwei polnische Jungen, Tadzio, in den er sich verliebt hat, und sein Kamerad. Der Kamerad ist der Stärkere, Robustere, und er legt sich auf Tadzio und drückt sein Gesicht in den Sand, bis er fast erstickt, er bekommt keine Luft mehr und zappelt; Aschenbach erhebt sich halb aus seinem Stuhl, um einzugreifen; doch im letzten Moment lässt der brutale Kamerad los, und Tadzio schreitet ins Meer. Aschenbach gleitet in den Tod, während er den geliebten Menschen sieht, der durch das Licht und das Wasser vorausgeht in Richtung Ewigkeit.

G.
Das Erste, was ich sah, als ich ins Zentrum von Tromsø kam, war ein riesiges Augenpaar, auf ein Garagentor gemalt. Hier wurde man also nicht aus den Augen gelassen. Augen ohne Gesicht, ohne Körper – die alles an Zerstörung und Liebe beobachten, zu dem sich die Sterblichen hinreißen lassen.

ERZÄHLER
Ich bin diese Augen. Ich sehe dich so, wie du nicht mehr gesehen wurdest, seit die Augen deiner Mutter auf dir ruhten. Was du nicht über dich selbst erzählst, bringe ich auf anderem Wege in Erfahrung.

G.
So würdest du einen Mann nie behandeln, ihn belauern, bedrängen.

ERZÄHLER

Ich habe deine Einsamkeit durchlöchert. Jetzt hast du mich. Im Gegenzug musst du dich mit meinem Wesen abfinden. Ich bin, wie ich bin.

G.

In meinem Hotelzimmer gibt es ein Problem mit einem Wasserrohr, weshalb ich gebeten wurde, an der Rezeption zu warten, bis der Klempner mit der Arbeit fertig ist. Man brachte mir eine Tasse Kaffee und eine Zeitung, doch ich sah mich erst einmal um. Die Rezeption ist ein Schloss der toten Tiere, die Wände sind mit glasäugigen Hirschköpfen behängt. Sie sehen wachsam aus und haben Ohren, die auf Gefahr horchen, als könnten sie ein zweites Mal erschossen werden. Ausgestopfte Füchse gibt es auch.

In einer Ecke, an der Wand, steht ein Eisbär, beinahe zurückgezogen, so weit entfernt von der Rezeption wie möglich, um die Gäste nicht mit seinem aufgerissenen Schlund und seinen ausgestreckten Klauen zu beunruhigen. Er steht aufrecht. Die Hinterläufe wirken unverhältnismäßig kurz im Vergleich zum restlichen Körper. Er steht auf einer Kiste, und mit seinem offenen Maul und den geöffneten Vorderbeinen sieht er aus, als stünde er in Speaker's Corner und hielte gerade eine Rede. Es ist nicht schwer zu erraten, worüber er spricht, wogegen er protestiert. Er erinnert auch an Jesus, die Arme ausgebreitet zu einem »Kommet alle her zu mir«. Von der Seite hat er etwas Müdes an sich, weil sein runder Rücken (aus Gründen des Gleichgewichts) von der Wand gestützt wird. Ich muss daran denken, wie ich mich nach langen Arbeitstagen manchmal an einen Laternenpfahl lehne, wenn ich darauf warte, die Straße überqueren zu können.

Dies ist der dritte ausgestopfte Bär, den ich sehe, seit ich Kopenhagen verlassen habe, den ersten sah ich bei meinem Zwischenstopp in Oslo. Er stand am Flughafen vor einem Geschäft für Wintersportausrüstung und trug eine Skibrille und eine Mütze.

Ich nahm die Zeitung, sie war älteren Datums. »Sie haben mir eine alte Zeitung gegeben«, sagte ich zum Kellner, als er das nächste Mal an meinem Tisch vorbeikam. »Die neuen sind gerade in Gebrauch«, sagte er und deutete auf mehrere Zeitungsleser im Foyer, »hätten Sie lieber gar keine?« Ich schüttelte den Kopf. »Wieso haben Sie überhaupt alte Zeitungen?«

»Wir heben eine Auswahl mit den spektakulärsten Titelseiten auf«, sagte er.

Auf meiner Titelseite war der Sturm auf das Kapitol zu sehen. Im Zentrum des Fotos stand der Mann mit der gehörnten Pelzmütze, Jacob Chansley, mit nacktem Oberkörper. Durch seine Kopfbedeckung war er halb Mensch, halb Tier. Ein Stierkopf, ein Menschenkörper. Shaman Q, wie er sich auch nennt. Er läuft mit nacktem Oberkörper und tiefsitzenden Hosen herum, damit die anderen Rechtsextremisten seine Tätowierungen sehen können und wissen, dass er einer von ihnen ist. Auf Bauch und Brustkorb hat er drei Tätowierungen, allesamt aus der nordischen Mythologie: Mjölnir, einen Wotansknoten und die Esche Yggdrasil, die um seine sehr rote Brustwarze tätowiert wurde; sie sticht daraus hervor wie eine seltsam platzierte Beere. Die drei Tätowierungen verkünden, dass er zum Kampf bereit ist, gewaltbereit. Ein nordisch gesinnter, arischer Teufelskerl. Er hat den Kopf ein wenig zurückgelegt, und sein Mund steht offen, vielleicht brüllt er gerade. In der rechten Hand hält er ein Megafon. Ich empfinde einen starken Widerwillen dagegen, die Welt mit ihm darin zurückzulassen.

Auf dem linken Oberarm hat er eine Tätowierung, die aussieht wie Ziegelsteine, ein Mauerwerk. Steht er trutzig wie eine Burg? Sein Gesicht ist rot, weiß und blau bemalt, wie Stars and Stripes. Er hat einen Bart, und diese Gesichtsbehaarung trägt zusammen mit der Pelzmütze und den Hörnern zu seiner animalischen Erscheinung bei. Es ist eine seltsame Vermischung von Zeichen: das Schamanische, das einen Zugang zur spirituellen Welt verkörpert, und dann die Nazisymbolik. In der Zeitung steht, dass er im Gefängnis das Essen verweigert, weil er keine ökologischen Lebensmittel bekommt. Seine Mutter tut alles dafür, dass er in eine gesündere Haftanstalt verlegt wird.

Ich sehe vom geöffneten Maul des Eisbären hinüber zu Jacob Chansleys geöffnetem Maul. Soll ich die Welt wirklich so einem gewalttätigen Monster überlassen?

Jetzt ist mein Hotelzimmer bezugsbereit.

Ich öffne die Tür zu dem, was das letzte Zimmer meines Lebens werden soll. Ich erwarte genauso eine Mausefalle wie jenes Zimmer, aus dem ich komme. Als ich das Hotel sah, bekam ich einen Schreck. Ich wünschte, ich hätte mir mehr Mühe gegeben. Eine schöne Unterkunft ausgesucht, als ich meine letzte Reise plante. Doch ich hatte es eilig, jetzt, da ich meine Entscheidung getroffen hatte, war Eile geboten, damit ich es nicht mehr bereuen konnte; ich musste das Tempo halten, um bei Laune zu bleiben, bei Sterbenslaune. Die Aussicht ist aber in

Ordnung. Ich wohne am Hafen. Allerdings wird die Hafenpartie auf der linken Seite von einer außergewöhnlich unschönen, langbeinigen Betonbrücke entstellt; aber ich muss ja nicht dorthin sehen.

Das Tapetenmuster besteht aus Herbstlaub, Blätter, die in Orange, Gelb, Braun und Rot über die Wand fegen, und mir kommt ein Satz in den Sinn, den ich Larry Poons in einem Dokumentarfilm über ihn sagen hörte, als er vor einer seiner großen Leinwände mit einem Erdrutsch an Farben steht: »Farben sind meine einzige Verteidigung gegen das Schicksal«, sagte er, und wenn Larry Poons jetzt ich wäre und auf diesem Hotelbett läge, würden ihn die flammenden Blätter vielleicht gegen das Schicksal verteidigen: einen Tod in Farblosigkeit, die weiße Landschaft so nah, direkt vor dem Fenster. Ich bin an einen Ort gereist, den ich fürchte; oder anders gesagt: einen Ort, vor dem ich jetzt schon Angst habe. Über meinen Bruder in Fortuny habe ich dasselbe gedacht, dass er mit Farbe aufrüstet.

Meine Gedanken irren umher, schweifen von einem Thema nach dem anderen ab; während ich denke, ich sollte aufstehen, meinen Mantel ausziehen, meine Sachen auf Bügel hängen und meine Kosmetiksachen auspacken (als wäre das eine ganz gewöhnliche Reise; wozu sollte ich mir die Mühe machen?), denke ich an den Flugkapitän und ob ich die Hand in meine Unterhose stecken und ihn ertrinken lassen soll, in einem heftigen, harten Ruck oder einer schwindelerregend langgezogenen Zeitlupe, oder stattdessen hinausgehen, zum Hafen, und einen Fahrschein für eines dieser Schiffe kaufen, mit denen man auf Polarlichttour gehen kann, ich habe mehrere Reklameschilder dafür gesehen; und dann fällt mir etwas ein, was meine Mutter über ihre eigene strenge Mutter erzählte, die ihre Tochter das ganze Leben lang kritisiert und ihr nie gesagt hatte, dass sie sie liebte. Meine Mutter hatte ihrer Mutter auch nie gesagt, dass sie sie liebte. Doch als sie wehrlos von Morphium betäubt im Sterben lag, beugte meine Mutter sich über sie und küsste sie auf die Stirn und sagte: »Ich liebe dich«, denn sie fand, sie müsste es ihrer Mutter wenigstens einmal sagen, und jetzt lief ihr die Zeit davon. Und nachdem sie es gesagt hatte, sah sie das gereizte Zucken in der Augenbraue, das sie nur zu gut kannte. Mehr konnte ihre Mutter an Protest nicht mehr aufbieten, aber ein Protest war es. Nichtsdestotrotz empfand meine Mutter eine Art Triumph und auch Erleichterung darüber, ihre Mutter außer Gefecht gesetzt zu haben.

Während ich »mit mir selbst Liebe machte«, wie meine Mutter es das einzige Mal beschrieb, als sie auf das Thema zu sprechen kam; ihre Worte lauteten: »und zu guter Letzt man kann ja immer noch mit sich selbst Liebe machen«, wobei sie mit »zu guter Letzt« nicht »endlich« meinte, sondern »wenn einem nichts anderes übrigbleibt«; das war natürlich, bevor sie Anspruch auf Nachfahren erhob, davon abgesehen, erinnere ich mich nicht an den Zusammenhang, nur dass es mir peinlich war. Vielleicht hatte ich leise geseufzt, weil Frühjahr war und Examenszeit und ich mich wie immer allein im Dachzimmer über meine Bücher beugte, während sich draußen die Menschen und Tiere übereinander beugten; damals war mein Begehren groß, vielleicht ist es das immer noch; aber während ich es also mit mir machte, wurde ich von einer Erinnerung eingeholt: Ich war allein zu Hause. Ich hatte das Nylonnachthemd meiner Mutter angezogen, Größe 44, meine Mutter war und ist eine stattliche Person, unter ihrem langen strengen Gesicht breitet sich ein üppiger Körper aus, das Nachthemd war kurz und grün mit lila Blümchen und einer Art Spitze am Ausschnitt – der bei mir unglaublich tief ausfiel, ich glaube, er reichte bis zum Bauchnabel hinab, weil ich so dünn war und kaum Oberweite hatte, ich war dreizehn oder vierzehn Jahre alt. Das geblümte Nylonnachthemd hatte ein weißes Nylonfutter, ohne das es zu durchsichtig gewesen wäre. Manchmal zog ich das Nachthemd hoch, betrachtete meinen Körper durch das Futter, das ihn verschleierte, und ließ mich von mir selbst bezaubern. Vielleicht hatte ich ihr Nachthemd an jenem Vormittag angezogen, weil ich allein zu Hause war, weil es Sommer war und warm oder weil ich mich oft in verschiedenen Funden aus den Schubladen meiner Mutter spiegelte, denn ich war in einem Alter, in dem der eigene Traum nicht von jemand anderem verkörpert wird, sondern von einem selbst, verwandelt in jemand anderen (und man noch nicht weiß, dass Verwandlung einen anderen voraussetzt. Jetzt denke ich an meinen Bruder, der allein in seinem Kimono umherläuft, dazu verdammt, in seinem eigenen Kreis zu schmelzen, wie Schlangen oder Aale, wenn sie die Zähne in ihren eigenen Schwanz schlagen. So wie ich selbst auch gerade in meinem eigenen Kreis schmelze, der Orgasmus steht vor der Tür). Unten klingelte es, und ich öffnete. Draußen stand ein Postbote. Er war vielleicht zwanzig, und mein Anblick verwirrte ihn. Wir beäugten uns, als er mir ein Päckchen überreichte. Ich blieb in der Tür stehen, während er durch die Einfahrt hinausging, er drehte sich mehrmals um und sah mich an. In der darauffolgenden Zeit zog ich das Nachthemd immer an, wenn ich am Vormittag allein zu Hause war, und wenn sich der Zeitpunkt näherte, an dem er sich gezeigt hatte, gegen elf, hoffte ich, er würde erneut dort stehen. Doch es passierte nie, und irgendwann vergaß ich ihn und das Nachthemd vollkommen, bis jetzt.

Dann schlenderte das Mädchen mit den Stiefeln in meine Erinnerung: Venedig, vor langer Zeit, ich war achtzehn und von meinen Eltern in diese Stadt entsandt worden, weil ich mich über ihre jämmerliche Ehe beschwert hatte, den ganzen Groll und Verdruss, den sie lautstark übereinander äußerten; »aber in Venedig waren wir glücklich«, sagten sie übereinstimmend, »und dort wurdest du gezeugt«. Sie schenkten mir zum Examen eine Reise, damit ich auf ihren glücklichen venezianischen Spuren wandeln konnte, denn alles musste immer etwas mit ihnen selbst zu tun haben, ich kenne sonst niemanden, der so schlecht von sich selbst absehen kann.

An jenem Tag lief vor mir ein Mädchen in einem kurzen, aber nicht zu kurzen Rock und nackten Beinen in flachen Lederstiefeln, die ihr bis knapp unter das Knie reichten. Ihr dickes italienisches Haar reichte ihr bis zur Taille. Sie ging langsam, genussvoll, und ich konnte mich nicht satt daran sehen, wie ihre Beine in den engen Stiefelschaften verschwanden. Ich hatte noch nie zuvor jemanden mit nackten Beinen in Stiefeln gesehen, und ihre Beine waren delikat, genau wie ihr Haar und ihre ganze Erscheinung. Ich lief hinter ihr und hatte gerade meinen Schritt beschleunigt, um sie zu überholen und mich umzudrehen und ihr Gesicht zu sehen, als sie links abbog und im Labyrinth aus Kanälen, dunklen Gängen und Plätzen mit Brunnen verschwand. Und in all den Jahren, in denen ich mich halb totgearbeitet habe, schlenderte das Mädchen mit den Stiefeln vor mir her und musste sich um nichts anderes kümmern, als ihr eigenes Wohlbefinden zu genießen. Jetzt, jetzt, jetzt kommt der Mund des Flugkapitäns

ERZÄHLER

G. wirft mit zusammengekniffenen Augen den Kopf in den Nacken und zeigt dem Himmel ihre Vorderzähne, dann rollt sie sich, die Oberschenkel um die Hand zusammengeklemmt, auf die Seite. Und, was für ein Orgasmus war es?

G.

Er war von der Sorte: schwerfällige Schublade, die sich erst durch mehrmaliges Anstoßen schließt, doch wenn sie sich schließt und mit dem übrigen Möbel eins wird, sitzt sie wie festgeklebt, und man weiß nicht, ob man sie je wieder aufbekommt; jetzt zirkuliert das Feuer friedfertig, Herr Neugierig; meine Beckenbodenmuskulatur ist gut.

Ich bin hergekommen, weil alle Möglichkeiten erschöpft sind. Und um in den Himmel zu gucken. Das habe ich in meinem bisherigen Leben versäumt, oder ich habe mich selbst davon abgehalten. Ich hatte nie die Geduld oder das Interesse, nicht einmal, wenn er mit Sternen gespickt war oder der Mond voll und blutig. Sobald ich ein paar Minuten mit dem Kopf im Nacken dagestanden habe, sagt eine innere Stimme: »Mhm«, oder »jaja«, und ich gehe weiter. Wenn ich den Himmel schon betrachte, dann nur, wenn er sich möglichst spektakulär gebärdet, wenn er von Grün und Rot überströmt wird, von seiner Aurora borealis.

Manche nutzen die Weite des Himmels oder des Meeres

dazu, ihre eigene Existenz zu relativieren. Das habe ich nie gekonnt. Warum sollte das Menschenleben an Bedeutung verlieren, weil die Zeit der Planeten eine andere, mächtigere ist? Galaxien sind unpersönlich. Meine Persönlichkeit verbrennt mich. Ich sehe glücklich aus, glaube ich, oder zumindest neutral. Niemand weiß, wie es um mich steht. Ich bin jetzt ruhig. Weil die Entscheidung getroffen wurde: Ich möchte verschwinden, ich möchte mich in der Natur auflösen, hier, weit weg von zu Hause.

Natürlich weiß ich genau, warum ich mein letztes Zimmer so erlebt habe. Ich habe mich selbst hineinprojiziert. Die Schwere des Zimmers war meine eigene. Und mein Eindruck, das Zimmer sei derart mit einer unbehaglichen Stimmung aufgeladen, dass es jeden Moment platzen könnte, kam auch von mir: *Ich* konnte jeden Moment platzen, wenn sich meine Trauer oder Wut entluden. Ich weiß das. Ich weiß auch, dass ich ein sehr zugeknöpfter und kontrollierter Mensch bin. Hätte ich das alles nicht über mich gewusst, wäre meine Ausbildung die ganze Schinderei nicht wert gewesen. Es half aber nichts, das zu wissen. Ich fühlte mich trotzdem bedrückt und ängstlich und wartete darauf, dass irgendetwas Ungeheuerliches zum Vorschein trat, wenn das Zimmer aus seinen Nähten platzte.

»Brich in Tränen aus«, sagte ich mir selbst, »werde wütend, zerschmeiß ein paar Teller.«

Aber ich tat nichts davon, ich kauerte mich lediglich zusammen. All das weist mir den Weg zu den Tieren in der Lobby, Tiere, die ebenso in einer Bewegung erstarrt sind, die Füchse mit einer erhobenen Pfote, die Hirsche auf der Hut, obwohl nur noch ihre Köpfe übrig sind (oder der Rest des Hirschs wartet auf der anderen Seite der Wand), fluchtbereit. Und der aufgerichtete Eisbär mit den ausgestreckten Klauen und dem offenen Schlund, kurz davor, sich mit seinem ganzen Gewicht auf die Beute fallen zu lassen. Der Augenblick, bevor es losgeht: bevor das Zimmer platzt; die ausgestopften Tiere sich bewegen. Und ich selbst, damals, erstarrt, in der Ecke meines Zimmers eingefroren, und jetzt hier, im Hotelzimmer. Und draußen: die gefrorene Landschaft. Ich versuche über meine eigene Idiotie zu lachen: dass ich steif gewordener Mensch in eine Eislandschaft gefahren bin, um zu sterben.

Mit meiner Gesundheit steht es nicht mehr zum Besten, ich habe es versäumt, auf mich selbst aufzupassen, vor allem in den stressigen Studienjahren, in denen ich im Dachzimmer meines Elternhauses an manchen Wochenenden bis zu hundert Zigaretten rauchte – ich zog erst spät aus, mit über dreißig, und als ich es endlich tat, ließ ich mich nur wenige Straßen von meinem Elternhaus entfernt nieder – meine Mutter kam ständig hoch und lüftete und schimpfte über den Rauch; einmal bekam ich an Weihnachten heftige Schmerzen in der Brust, und wir mussten einen Arzt rufen, mein Arztvater hat immer davon Abstand genommen, seine eigene Familie zu behandeln; der Arzt gab mir Diazepam, ein Muskelrelaxans, und die Schmerzen verschwanden wieder, sie kamen schlicht und ergreifend aus dem Major pectoris, dem großen Herzmuskel, weil ich überanstrengt war. Der Arzt blieb auf einem Stuhl neben meinem Bett sitzen, bis die Schmerzen ganz weg waren. Noch immer kann ich sein freundliches Gesicht vor mir sehen und wie er das Stethoskop in seine Arzttasche packte und sie mit einem zufriedenen kleinen Klick schloss, weil er recht behalten hatte, es war keine Angina pectoris. An jenem Weihnachten lag ich auf dem Sofa, während der Rest der Familie um den Tannenbaum tanzte. Wenn man krank war, wurde man von meiner Mutter nicht kritisiert, und sie stellte keine Forderungen mehr, es war geradezu himmlisch, dort zu liegen. Mittlerweile rauche ich schon seit Jahren nicht mehr, aber in Kastrup kaufte ich eine Schachtel, ich fand, das gehörte auf dieser Mission dazu.

Jahrelang war ich die Tochter auf dem Dachboden, von Fleiß und Ehrgeiz eingesperrt, meinem eigenen und dem meiner Eltern; ich war in das Dachzimmer gepflanzt worden, das früher als Gästezimmer gedient hatte (wobei ich mich nicht erinnern kann, dass wir je Übernachtungsbesuch hatten, abgesehen von meiner Großmutter – und das erklärt vielleicht auch, warum eine meiner Kinderzeichnungen an der Wand hing, sie war dort aufgehängt worden, um ihr eine Freude zu machen. Ich zog erst nach ihrem Tod in das Dachzimmer ein), um ein Maximum an Frieden und Ruhe zu finden. Man kam auf der knarzenden Dachbodentreppe zu mir und brachte mir Essen, man forderte mich dazu auf, im Garten frische Luft zu schnappen. »Man« war meistens meine Mutter. Hin und wieder kam auch mein junger Bruder mit einem von der Pubertät eroberten Gesicht und setzte sich ein wenig zu mir. Der Dachboden war riesig, wie das ganze Haus, hatte aber nur ein richtiges Zimmer mit Tapete und Fenster und Tür, meins, der Rest blieb ungenutzt. Auf dem Dachboden lebte ich, außerhalb des Zimmers, mit der Innenseite des Strohdachs zusammen. Die waagerecht liegenden Schilfrohre wurden mit galvanisierten Drähten zusammengenäht. Ich mochte die trockenen, krümelnden und für die Konstruktion des Daches unnützen Strohköpfe. Als das Dach verlegt wurde, halfen wir dem Dachdecker. Er kletterte auf den Balken herum und steckte seine lange Nadel zu einem von uns hindurch, der sie dann wieder zu ihm hinausführte. Mein Rauchen und das Strohdach, die Brandgefahr, war eine ständige Kummerquelle, »aber das ist verdammt noch mal mein einziges Vergnügen«, schrie ich meine Mutter einmal an, drückte die Kippe auf dem Boden aus und zertrat sie mit dem Fuß. Ich hob sie sofort wieder auf und sagte »Entschuldigung, Entschuldigung, Entschuldigung«. Der Fußboden war verblüffend fröhlich, er war mit Linoleum ausgelegt, auf dessen grauem Hintergrund bunte Flecken zu tanzen schienen.

In dem einen Giebel befand sich außerdem ein behelfsmäßiger Wohnbereich. Man hatte Segeltuch über das Stroh gespannt und eine grüne Ottomane in dieses halbe Zimmer gestellt. Dort machte mein Vater manchmal ein Nickerchen. Das braune Kissen bewahrte seinen Kopfabdruck, bis er sich das nächste Mal hinlegte. Dazwischen konnte viel Zeit vergehen, meistens zog er das Sofa in der Familienklinik vor. Meine Ausflüge in diesen Giebel waren immer von schlechtem Gewissen begleitet, weil ich eine Pause machte. Umso süßer erschien mir der Duft des Strohs, umso wehmütiger der Kopfabdruck auf dem Samtkissen. Aber es roch ein wenig säuerlich nach Vaters Schweiß. Über das Stroh muss ich weiter ausholen. Es war sehr straff gespannt, und dann gab es die besagten Strohköpfe, buschig und blassgrau, in die ich mitunter meine Wange drückte oder die ich abzupfte und in die Tasche steckte, wo sie zerbröselten. Das Strohdach zog Spinnen an, es gab ganze Heerscharen von ihnen, sie knüpften ihre Netze im Stroh oder spannten sie zwischen die enormen Dachbalken; längst verlassene Spinnweben, schwer von Staub, gerieten in Bewegung, wenn meine Mutter sich einfand und für Durchzug sorgte. Am Ende des Strohdachs, auf der linken Seite, lag in direkter Nachbarschaft zum Dachzimmer ein unergründlicher Raum, der im Dunkeln verschwand und wie ein Durchgang wirkte, aber nirgendwo anders hinführte als geradewegs ins Dach hinein, und der so schmal war, dass sich nichts Gutes darin verbergen konnte; ich hastete immer vorbei, ohne hineinzugucken, und beeilte mich, die Tür meines Zimmers zu schließen.

Mitten auf dem Boden des Dachbodens stand eine riesige, von den Vorbesitzern zurückgelassene Mangel. Meine Mutter verwendete sie nur selten einmal, um Tischdecken oder Bettzeug zu glätten. Es erforderte drei Personen, sie zu bedienen, zwei, um die Handgriffe an beiden Enden zu drehen, was normalerweise mein Bruder und ich übernahmen, und eine, die das Tuch hindurchzog: unsere Mutter. Wenn sie so gut gelaunt war, dass wir es wagten, sie zu ärgern, drehten wir asynchron, was einen stotternden Rhythmus erzeugte. Sie bezeichnete sich selbst als reizbar. Sie ging auf unsere wunden Punkte los, beispielsweise Mikaels Gewicht und seine schlechte Haut und meine Brüste, die so langsam wuchsen; sie sagte, ich hätte weder vor noch hinter der Hütte genügend Holz. Als Kind war sie selbst mit einem Kleiderbügel verprügelt worden und betrachtete ihre eigenen unbehaglichen Erfahrungen als einen Schritt in Richtung Zivilisation. Was auch immer man von ihr halten mag, so muss man doch sagen, dass ihre Subjektivität oder Streitbarkeit charakterbildend waren – für mich. Sie verletzte mich, sie machte mich wütend, und ich riss mich von ihr los und wurde ich selbst.

ERZÄHLER

Und doch musstest du sie verstoßen, deines Weges gehen, sie nie wieder sehen. Kann man das als gelungene Entwicklung bezeichnen? Ich bin hier nicht der Psychiater, aber auf mich wirkt es, als könntest du nicht akzeptieren und begreifen, dass ihre guten und schlechten Seiten Teil ein und derselben Person waren. Du hast ein zweiköpfiges Muttertier aus ihr gemacht.

G.

Vielleicht waren die Unterschiede zu groß. Zorn wie Donner und Blitzschlag. Liebe wie ein Regen, so mild, dass man ihm das Gesicht entgegenstreckt.

ERZÄHLER

Davon hast du nicht erzählt – von der Liebe.

G.

Sie stand fast immer mit offenen Armen bereit. Sie hörte mir zu, oft mit gesenktem Blick, um mich nicht abzulenken. Aber ich kannte sie so gut, dass mir eine Mundbewegung oder ein Kopfzucken ihre Meinung verrieten.

Genug davon.

Meine Zeichnung war die einzige Zier des Dachzimmers, ein Clown, den ich in der ersten oder zweiten Klasse zu Papier gebracht hatte, mit einem runden, von einem bunten Hut geschmückten Kopf, der in einen spitzen, eiförmigen Bauch mündete, und mit dünnen, ausgestreckten Armen, als würde er sich gerade einem Publikum präsentieren. Seine Beine waren kurz und dürr, und die Füße zeigten in eine Richtung. Er war auf dem Weg nach rechts. Ein Clown, der sich gerade entfernte, und doch wieder nicht. Sein Gesicht war gelb. Er lächelte ein rotes Einstrichlächeln. (Nachdem ich jahrelang mit ihm an der Wand des Dachzimmers gelebt habe – sein Lächeln begegnete mir, wenn ich von den Büchern aufsah –, kann ich mit Sicherheit sagen, dass es das Lächeln eines Menschen war, der sich gewaltig zusammenriss.)

Als ich den Clown mit Farbe ausfüllte, stand eine Gruppe Kinder um mich herum; meine Klassenkameraden schubsten sich gegenseitig weg, um meine Zeichnung zu sehen. Dies war eine ungewohnte Situation für mich, ich war nicht gerade dafür bekannt, gut zu zeichnen. Mir wurde innerlich ganz seltsam zumute angesichts der ganzen Aufmerksamkeit, die der Clown auf dem Blatt erregte. Nachdem ich ihn mit Farbe versehen hatte, schnitt ich ihn aus und klebte ihn auf ein Blatt sauberes Papier – ich hatte über seinen Körper hinausgemalt und wollte, dass er in all seiner gestreiften Herrlichkeit scharf umrissen war. Er sah freundlich aus. Kinder sind Herdenmenschen. Mein Clown war nichts Besonderes. Ein Kind war zufällig an meinem Platz vorbeigekommen und stehen geblieben, ein weiteres gesellte sich dazu und konnte sich nicht mehr lösen, und bald standen sie alle da. Sie standen dort, bis Herr Eseltreiber hinter dem Katheder aus seinem Nickerchen erwachte und die kleinen Grauen wieder an ihre Plätze zurückscheuchte. Später versuchte ich den Erfolg zu wiederholen, ich fing ein weibliches Pendant an, eine Clownin, doch sie wurde nie fertig.

Eines Tages kam mein junger Bruder und setzte sich zu mir ins Dachzimmer, deutete auf den Clown und fragte: »Bin ich das?«

Darauf war ich gar nicht gekommen.

»Das gilt es zu erwägen«, sagte ich.

Was sah ich von meinem Fenster in der Dachkammer? Ich konnte direkt zur Familienklinik hinüberschauen, und zu bestimmten Tageszeiten, morgens, mittags, abends, konnte ich beobachten, wie mein Vater kam und ging. Und nachdem ich schließlich mein Studium abgeschlossen hatte und selbst Ärztin geworden war, und dann meinen ersten Facharzt machte und später meinen zweiten, sah ich täglich von der Familienklinik in das leere Dachzimmer hinein. All meine Anstrengungen hatten dazu geführt, dass ich mich physisch etwa fünfzig Meter weiterbewegt hatte. Das heißt, bis mich die Quengelei meiner Mutter nach einem Nachfahren, oder besser gleich mehreren, wie schon erwähnt von meinem Elternhaus weg und in die Welt hinaustrieb.

Mir ist bewusst, dass ich unglaublich viel von Zimmern erzählt habe. Aber zum einen habe ich einen Großteil meines Daseins in Innenräumen verbracht, zum anderen waren Zimmer für mich immer etwas Lebendiges und weckten die schlimmsten Befürchtungen in mir, weil sie:

1. Mich unter sich zerquetschen konnten. (Nein, das ist nicht bloß Klaustrophobie, die Ursachen liegen tiefer).
2. Mich nicht gehen lassen wollten und sich deshalb auf mich stürzen würden, sobald ich ihnen den Rücken zukehrte und zur Tür ging. (Das ist eine Projektion, ich weiß. Es ist mein Über-Ich, das mich nicht gehen lassen will, sondern möchte, dass ich sitzen bleibe und arbeite.)
3. Etwas Ungeheuerliches hervorbringen, gebären konnten. (Das ist eine Projektion, ich weiß. All meine Wut und Traurigkeit, die ich in mir behalten habe.)

Aber jetzt würde ich die Vergangenheit gerne ruhen lassen. Es ist sechzehn Uhr, und unten im Speisesaal wird eine Zwischenmahlzeit serviert, Kaffee und Kuchen, ein Häppchen.

Man hatte Vorbereitungen für Waffeln getroffen. Selbstbedienung. Riesige Flaschen mit Desinfektionsmittel, der Geruch der Zeit, der Zeitgeist, L'air du temps, so hieß das Parfüm meiner Mutter, standen neben der Schüssel mit dem gelblichen Teig bereit, die Waffeleisen liefen, und als ich an der Reihe war, gelang es mir, zwei Exemplare zu produzieren, die eine ein wenig roh, die andere ein wenig angebrannt, der goldene Mittelweg ist mir nie vergönnt, warum nur, mein Herr und Schöpfer, sprach es in mir, obwohl ich durch und durch gottlos bin. Zu den Waffeln gab es Vanilleeis-Kugeln, Sahne und Marmelade. Ich nahm mehrere Kugeln. Am Tisch angekommen, entpuppte sich das Eis als Butter, und es wurde ein trauriges, fettiges Erlebnis. Ich lasse nie etwas übrig. Ich werde ärgerlich und wütend, wenn ich sehe, wie die Leute im Restaurant volle Teller stehenlassen, frische Lebensmittel, die jetzt Müll sind. Also platzierte ich die riesigen Butterkugeln auf die Waffeln und schluckte alles herunter. Niemand sprach mit mir, ich nahm mit niemandem Kontakt auf. Stattdessen stellte ich mich für einen Moment neben den Eisbären im Foyer, ehe ich wieder in mein Zimmer mit den fegenden Blättern hinaufmusste, und ich verspürte einen starken, kindlichen Drang, ihn zu umarmen. Der Kellner, der mir vorher die alte Zeitung gegeben hatte, kam mit einem Tablett vorbei, und ich fragte ihn, warum man einen Eisbären ins Foyer gestellt hatte, obwohl es in der Gegend um Tromsø doch gar keine gab.

»Tromsø ist ja ein Teil der Arktis«, sagte er, »und in den letzten zehn Jahren hat man ein gestiegenes Interesse daran festgestellt, und es wurde wichtig für den Tourismus im Norden – wir verkaufen uns als arktisch. Alle sprechen von der Arktis, so penetrant, dass es fast zur Parodie geworden ist. Die Gegend hat sich nicht verändert, aber seit sie *arktisch* ist, scheint plötzlich alles viel vornehmer geworden zu sein. Sogar die Universität hat ihren Namen geändert zu ›Tromsø – Die Arktische Universität‹, das war 2013, und dann hat unser Direktor den hier bestellt«, er stupste den Bauch des Bären mit dem Tablett an. »Damit die Leute wirklich begreifen, dass wir arktisch sind, muss man manchmal zu unmissverständlichen Botschaften greifen.«

Der Rezeptionist stand hinter dem Empfang und hörte zu. Jetzt gesellte er sich zu uns.

»Am Flughafen steht auch einer«, sagte ich.

»Ja, und es werden weitere kommen«, sagte der Kellner, »aber noch herrscht Uneinigkeit darüber, *wo* sie stehen sollen, in der Stadt oder am Hafen, in Grüppchen oder aufgereiht wie an einer Allee.«

»Wenn es nach mir ginge«, sagte der Rezeptionist, »würde

ich für den Langnestunnel stimmen, im Abstand von fünfzig Metern an beiden Seitenstreifen.«

»Ja, die Uneinigkeit ist so groß, dass es eine Abstimmung geben wird. Es ist ein ganz schöner Eingriff, wenn es so viele sind.«

»Du bist also eine unmissverständliche Botschaft«, sagte ich kurz darauf zu dem Bären, nachdem die beiden ihre Arbeit wieder aufgenommen hatten.

Am selben Abend begann ich zu husten, ich ließ das Abendessen ausfallen und ging ins Bett. Ich war nicht verwundert. Mein ganzes Leben lang huste ich schon, statt zu weinen. Oder anders gesagt: Ich bekomme Husten, wenn es mir innerlich schlecht geht. Der Husten ist der stotternde Telegraph meiner Seele. So sieht es in deinem Inneren aus, berichtet er, als wüsste ich das nicht. Am nächsten Morgen war der Husten richtig schlimm, und ich hatte leichtes Fieber. Ich hustete so sehr, dass ich während eines Anfalls beinahe panisch wurde, weil ich keine Luft mehr bekam. Ich hustete bis zur Erschöpfung. Es war ein harter, trockener Husten. Ich übersprang auch das Frühstück, ich wollte nicht dort unten im Speisesaal sitzen, halb erstickt, von einem lärmenden Wesen besessen, ich, die ich normalerweise verhältnismäßig still bin.

Mein Bruder rief mich an und erzählte mir, zu Hause seien große Mengen Schnee gefallen. Er sei in diesem besonderen Schneelicht aufgewacht, und die mit dem seltenen weißen Puder bestäubten Zweige hätten sich seinem Fenster entgegengestreckt. Der Unterschied zwischen Straße und Bürgersteig sei ausgelöscht. Während er sprach, sah ich mich selbst vor mir, wie ich meinen schweren, erwachsenen Bruder auf dem Holzschlitten unserer Kindheit die Straße entlangzog; mein Bruder, mit Beinen wie Baumstämmen, hatte sich hingelegt und guckte in den Himmel hinauf.

Er machte sich Sorgen, als er hörte, dass ich krank geworden war. Ich sagte, es hätte keinen Sinn, wenn er mich ständig anriefe. Ich sagte, ich bräuchte ein wenig Zeit für mich und er könne auch mal eine Woche ohne mich auskommen. Er war verletzt. Ich sagte: »Geliebter kleiner Bruder, ich muss gründlich über ein paar Dinge nachdenken. Das kann ich nicht, wenn ich ständig an zu Hause erinnert werde. Und du erinnerst mich daran.«

Seine Stimme wurde ganz kleinlaut, fast nicht mehr vernehmbar, als er sagte, er werde schon klarkommen, solange ich ihm verspräche, ihn anzurufen, wenn sich mein Zustand verschlechtere.

»Jetzt genieß erst mal den Schnee«, sagte ich und legte auf.

ERZÄHLER

Das Fieber hat Gustavas Bewusstsein getrübt. Sie schwitzt so stark, dass ihr Körper ganz glitschig wird und man die Bettwäsche auswringen kann. Sie wundert sich – hat jemand etwas über mir ausgegossen? Eine ganze Kanne Wasser? Das Bettzeug trocknet, jetzt riecht es krank, irgendwie gelblich. Es wird wieder nass. Irgendjemand muss diese Wäsche waschen und zum Trocknen in den Wind hängen. »Nein, ich kann nicht allein sein, wenn ich krank bin. Das kann ich nicht«, höre ich G. murmeln.

»Ich bin hier«, sage ich und tupfe ihr mit einem feuchten

Lappen die Stirn ab, bin zumindest spirituell gesehen an die Stelle ihrer Mutter getreten.

»Dreh die Münze um«, sagt eine Stimme ins Fieber hinein. Also ruft G. die Mutter an, die sich auf der anderen Seite der Münze befindet, diese Mutter geht ans Telefon, und G. kann ihrer Stimme anhören – allein an der Art und Weise, wie sie ihren Namen sagt –, dass es jene Mutter ist, die ihr Gutes will, die Beherrschte, Ruhige.

Die Unbeherrschte, Eigensinnige, Bösartige, die fordernde Monarchin, ist mit dem Gesicht nach unten auf dem Handrücken gelandet, verdeckt.

Den ganzen Tag und die ganze Nacht gleitet G. in den Schlaf hinein und wieder hinaus. Sie hat sich aus dem Fieber freigeschwitzt. Sie schlägt ihre Augen auf und sagt: »Bist du das, Nervensäge?«, und ich nicke väterlich.

Und sieh an: Am nächsten Morgen kommt sie auf die Füße und fährt in ihre Klamotten, mit der Absicht, hinauszugehen und sich eine Fahrkarte für eine Nordlichttour mit dem Schiff zu kaufen, am besten noch am selben Abend. Der Anruf im Traum und die gute Stimme waren nicht mehr in ihr zugegen; oder vielleicht doch – als beginnender Zweifel an ihrem Todesvorhaben.

G.

Draußen erwartete mich die reinste Rutschbahn, und ich fiel auf den ersten zwanzig Metern zweimal hin. Beim zweiten Anlauf glitt ich mitten in einem Hustenanfall aus, und ich blieb auf dem Rücken liegen und hustete in den grauen Himmel, ich konnte mich nicht einmal mehr dazu aufraffen, den Arm zu heben und in die Ellenbeuge zu husten. Es kamen sogar mehrere Leute zu mir und reichten mir eine behandschuhte Hand, aber ich schickte sie weg. Einige blieben stehen und sahen mich unschlüssig an und redeten über mich. Höchste Zeit zu verschwinden, sonst wird dieser Typ mit einer Nase wie eine Sprungschanze gleich aus der Menge hervortreten und darauf bestehen, mich ins Krankenhaus zu fahren, er wird sich bücken und mich in die Arme nehmen. Meine Proteste werden nichts nützen. Mitunter sehne ich mich nach anderen Menschen. Und wenn sie dann da sind, wünsche ich mir bloß, dass sie wieder gehen. Ich rollte mich auf die Seite und kam auf die Knie und schließlich ganz in den aufrechten Stand. Ich deutete zur Erklärung auf meine Sohlen, »völlig falsche Schuhe«, sagte ich und eilte weiter, noch immer hustend. Ich wünschte, ich könnte normal atmen, ohne nach Luft zu japsen, weil der Husten den Atem zerhackt, ich wünsche es mir aus ganzem Herzen. Ich, die sich den Tod herbeiwünscht, wünsche mir auch das. Ist das miteinander vereinbar? Nein, es ist paradox. Und es ist der Wunsch meines Körpers, ein Wunsch, den meine Physis äußert. Ich, die in der Psyche wohnt, möchte sterben.

Die Tickets für die Polarlichttour sind in einer Art Kiosk mit einer großen Luke erhältlich, hinter der ein Verkäufer sitzt. Seitlich ist ein Plakat angebracht: ein Schiff unter grünem, lichtwogendem Himmel und mit Touristen an Bord, die staunen und die Finger ausstrecken. Ich huste meine Bestellung eines Fahrscheins für denselben Abend um dreiundzwanzig Uhr hervor.

»Wir können keine Tickets an kranke Menschen verkaufen«, sagt der Verkäufer.

»Ich kann Ihnen gern mein Impfzertifikat zeigen«, sage ich und tippe auf dem Handy herum.

»Sie müssen warten, bis Sie wieder gesund sind.«

»Aber ich huste nur, weil ich sehr traurig bin.«

»Sie müssen warten, bis Sie wieder gesund und glücklich sind«, erwidert er, »wir nehmen keine traurigen Personen mit an Bord«, und während er »traurig« sagt, zeichnet er mit seinen zwei Zeigefingern Gänsefüßchen in die Luft.

»Ich bin Ärztin«, protestiere ich, »ich weiß, wovon ich rede. Das ist kein COVID, ich kenne meinen eigenen Husten bis zur Bewusstlosigkeit.«

»Ärztinnen können auch krank werden, stimmt's?«, sagt er.

Ich verspüre den Drang, mit dem Fuß aufzustampfen wie ein trotziges Kind.

»Dann kaufe ich meinen Fahrschein eben bei der Konkurrenz!«

»Ich glaube kaum, dass Sie damit durchkommen werden«, erwidert er, und als ich mich umdrehe und gehe, sehe ich, wie er sein Handy hebt.

Am nächsten Schalter will man mir auch kein Ticket verkaufen.

»Sie sind die Traurige!«, ruft mir der Verkäufer zu, noch ehe ich etwas sagen kann. »Ich wurde telefonisch vorgewarnt. Wir können Sie nicht mitnehmen.«

Ich verspüre eine Art Erleichterung, und im selben Moment sagt eine Stimme in mir: »Ich habe nicht eine Sekunde daran geglaubt, dass du ernst machen würdest.« Ich glaube, ich kenne diese Stimme. Sie gehört jemandem, der immer recht hat. Meiner Mutter.

Ich bin dazu erzogen worden, nur zu Hause zu weinen, »Lass dich nie dabei sehen, warte, bis du heimkommst«, hieß es. (Meine Mutter hatte nicht das Geringste gegen Tränen, aber sie waren lediglich zu Hause angebracht. Mehr als einmal sagte sie über sich selbst: »Ich habe meine Gesundheit geschont, indem ich reichlich weinte – allein, wenn ihr anderen geschlafen habt. Weinen ist das beste Mittel gegen Depressionen.«)

»Warum?«, fragte ich, nachdem ich meine Tränen über ein auf dem Schulhof aufgeschürftes Knie hatte laufen lassen.

»Dann werden sie die Oberhand gewinnen, dann werden sie eine Stelle finden, an der sie das Messer in dich hineinbohren können. Sie werden nur auf die Gelegenheit warten, deine Tränen wiederzusehen. Haben sie sie aber noch nie gesehen, existiert diese Möglichkeit gar nicht.«

»Aber heißt das, jetzt ist alles verloren?«

»Es muss jemanden unter dir geben, den du drangsalieren kannst, das ist der Weg zum Erfolg«, sagte meine Mutter.

»Hör auf, das Knie so zu verhätscheln! Jetzt siehst du endlich aus wie ein richtiger Junge mit aufgeschlagenen Knien«, sagte mein Vater.

»Aber Mikael ist der Junge.«

»Du musst Tochter und Sohn gleichzeitig sein.«

Ich stützte mich an den Hausmauern entlang des Hafens ab, um nicht noch einmal auszurutschen, und arbeitete mich so zum Hotel zurück, wo ich mich rücklings auf mein Bett warf, ohne Mantel und Schuhe auszuziehen, in Gesellschaft der wirbelnden Blätter, ein Herbst ohne Ende. Und mein Husten. Ich spürte, wie sich mein Bewusstsein ausschaltete – bis vier Uhr morgens, als ich schweißgebadet aufwachte, in meinem Wintermantel. Ich streifte ihn ab und öffnete das Fenster und sah hinaus; die Lichter im Hafen erschienen mir chancenlos gegen die Kälte und die Dunkelheit, die arktische Landschaft war furchterregend; und ich fing an, auf mich selbst einzuprügeln, ich schlug mit den Händen gegen meine Wangen. Irgendwann schmerzten sie auf eine warme Weise, und meine Hände kribbelten. Ich tat es, um mich zusammenzureißen.

ERZÄHLER
Wozu?

G.
Um die Tabletten aus meiner Tasche einzunehmen, sie eine nach der anderen zu schlucken, zusammen mit meinem mitgebrachten Joghurt (der dafür sorgen sollte, dass ich sie nicht wieder erbrach), und in die Kälte hinauszugehen; die Tabletten und der Joghurtbecher, mein Suizid-Baukasten. Ich hatte vor, mich irgendwo im Hafen hinzulegen, vielleicht direkt an den Ticketschalter für die Nordlichttouren, dann konnte dieser widerspenstige Verkäufer, der so trotzig an seiner eigenen Sicht festgehalten und meine bekämpft hatte, »die Traurige« tot auffinden, wenn er am nächsten Tag zur Arbeit erschien. Aber sosehr ich auch auf mich selbst einhämmerte, fühlte ich mich am Ende doch nur zu einer Sache fähig: mich in den Armen eines überdimensionierten Plüschtieres aufzulösen. In meiner Situation hat man nichts zu verlieren. Ich hustete mich den ganzen Weg die Treppe hinunter bis zur Rezeption.

ERZÄHLER

Der Rezeptionist schlief mit dem Kopf auf dem Empfangstresen. Das Foyer war leer. G. begibt sich zu dem Eisbären, legt die Arme um ihn und blickt hinauf zu seinem aufgerissenen Schlund und seinen ausgestreckten Pfoten, er sieht aus, als sei er in einer Art Delirium erstarrt. Sie umarmt ihn. Doch das reicht offenbar nicht, denn sie fängt an, sich auszuziehen. (Sie ist ansprechend, aber damit hatte ich auch gerechnet.) Jetzt liegt all ihre Kleidung zu Füßen des Bären.

Sie drängt sich ihm auf.

Sie presst sich an ihn.

Sie umschlingt ihn.

Sie bricht in Tränen aus.

Sie beweint sein Schicksal. Und ihr eigenes garantiert am meisten. Und einige Meter über ihr starren die Glasaugen des Bären unverdrossen auf einen arktischen Horizont.

G.

Das Fell riecht chemisch. Nach Chlorethan. Das stand in meinem Elternhaus unter der Spüle, es diente dazu, Fettflecken zu entfernen. Meine Mutter liebte den Geruch. Sie sagte, der *Rausch*, wenn sie den Deckel aufschraubte und einatmete, mache sie selig. Sie müsse sich jedes Mal hüten, die Flasche stehen zu lassen und nicht kurz daran zu schnüffeln, wenn sie vorbeikomme. Jahre des Unglücks kehren zurück und brechen aus mir heraus.

ERZÄHLER

Erst schwitzte sie, jetzt weint sie, bald fährt sie nach Venedig: Wasser, Wasser, Wasser – und in Venedig eine Unzahl an Brücken, von denen ich ihren Sack voller Dunkelheit und Tod werfen kann.

*

MIKAEL

Wozu soll es eigentlich gut sein, dass ich ausgezeichnet Geld zusammenkratzen und es mir in meinen eigenen vier Wänden und meinem Garten hübsch machen kann, wenn es außer mir niemand sieht und sich daran erfreut? So gestaltet sich mein Dasein jetzt schon seit fast fünfunddreißig Jahren. Ich verspüre den Drang, mich aufs Sofa zu werfen und zusammenzukrümmen. Ich sehne mich nach dem Geräusch von jemandem, der im Hintergrund rumort. Dann könnte ich auf einer Gartenliege auf der Terrasse dösen und im Halbschlaf häuslichen Geräuschen lauschen, jemandem, der in der Küche werkelt und mich in Kürze ruft, weil das Mittagessen fertig ist. Ich bezahle Bruno dafür, diese Geräusche zu erzeugen und meinen Namen zu sagen. Aber das ist nicht das Wahre. Ich will mit dem, der rumort, zusammengehören. Doch ich muss mich abhärten und meine Wünsche direkt nach der Geburt ersticken. Ich muss mich ablenken. Mich in andere als mich selbst hineinleben. Mir steht die ganze Literatur zur Verfügung, und ungeahnte Mengen an Filmen. Vor nicht allzu langer Zeit habe ich dreimal hintereinander den Film *Ein Festtag* gesehen; ich wurde von der Wehmut in einem Satz umgehauen, den eine Person im Film zu einer anderen sagte. Derjenige, der jung sterben würde, sagte zu derjenigen, die am Ende Autorin werden sollte – beide wussten nichts vom frühen Tod oder von der Zukunft als Schriftstellerin –, sie solle festhalten, wie es sich anfühle zu leben. Er sagte es, als handele es sich um ein gemeinschaftliches Erlebnis, etwas geradezu Objektives. Aber das Einzige, was wir im Hinblick darauf teilen können, ist die Anspannung, die Wehmut, die diese Furcht vor der begrenzten Zeit in uns auslöst; dass wir nur eine bestimmte Portion abbekommen. Was können wir sonst teilen; wenn wir nicht lieben, einander lieben.

ERZÄHLER

Wenn Mikael einmal nicht harmonisch geklungen hat, ruft G. normalerweise noch ein zusätzliches Mal an, zum Beispiel am nächsten Morgen, und sagt: »Hier ist die Visite, ich wollte kurz hören, wie es dem Patienten geht?« Wenn seine Laune völlig im Keller ist, antwortet er: »Hör auf mit dem Quatsch!« Dafür mag seine Schwester es nicht, wenn die Wortspiele und Zitate zu sehr aus ihm heraussprudeln und er Sätze im Behördenstil konstruiert, alles in einem reißenden Strom, dann sagt sie, er würde »faseln« und seine Aussagen stimmten nicht mit seinen Gefühlen überein. »Halt dich mal eine Weile an Hauptsätze, wenn ich dir glauben soll.« Das hat dieselbe Wirkung auf ihn wie ein rotes Tuch auf einen Stier: »Ich bin nicht dein Patient«, sagt er dann, und »leg deinen Psychiaterkittel ab«. »Du bist eine schreckliche Quasselstrippe«, erwidert sie, »wenn es mir ein seltenes Mal gelingt, einen Satz einzuwerfen, dient er dir nur als Stichwort. Oder wenn ich kurz zögere oder Luft hole – dann setzt du sofort ein. Am Ende habe ich nichts mehr auf dem Herzen, du schwafelst das letzte Wort aus mir heraus.« Am liebsten hätte sie hinzugefügt: »Du überschwemmst mich«, aber sie ließ es sein. Denn manchmal fühlt sie sich ihm auch nah, und er ist ein wenig aufmerksamer; so ist er, wenn es ihm gut geht.

MIKAEL

Meine Schwester ist mein Lebensmittelpunkt, leider ein mobiler, denn sie zieht oft um. Sie besucht mich ein- bis zweimal die Woche – wenn sie in meiner Nähe wohnt, häufiger schafft sie es zeitlich meist nicht. Wenn sie weiter weg lebt, muss ich meine Nährstoffe durch das Telefon aufnehmen. Doch das ist kein Vergleich mit einer wirklichen Begegnung, wenn ich den Kopf auf ihre Schulter lege und sie ihn freundlich tätschelt. Wenn ich meinen Kopf nach einer angemessenen Zeit von 20 bis 30 Sekunden nicht wieder hebe, wird sie verlegen, und dann tut sie barsch und sagt: »Nicht kleben, Brüderchen«, und ich muss an den Moment denken, bevor sich die leicht feuchte Wäsche von der Mangel auf dem Dachboden unseres Elternhauses löste, aber für kurze Zeit noch geplättet und geglättet daran festhing. Vor allem die Hemden hatten etwas Hilfloses an sich; wenn sich der Ärmel von der Rolle löste und entweder den Rest des Hemdes mit sich in den Wäschekorb hinabzog oder wenn der Hemdkörper hängen blieb und befreit werden musste, während der Ärmel herunterbaumelte wie der Arm eines Ohnmächtigen.

BRUNO

Wenn sein Kopf auf Gustavas Schulter ruht, bleibt es ihm für einen Moment erspart, alleiniger Inhaber seines Kopfes zu sein.

MIKAEL

Bruno, mein Bruno, du verlierst immer mehr Haare – liegt das am Klima oder an mir? Ich finanziere dir gern eine Transplantation, in der Türkei ist das am billigsten; eine Woche werde ich dich schon entbehren können.

ERZÄHLER

Einmal war Mikael psychotisch, so muss man es wohl nennen. Es geschah im Zusammenhang mit einer Lungenentzündung, als er hohes Fieber bekam. Er hatte einen alten Zinnbecher auf dem Dachboden des Elternhauses gefunden und glaubte, er habe eine Verbindung zum Mord an Olof Palme; durch den Fund des Bechers sei er kurz davor, den Fall aufzuklären, aber zugleich in großer Gefahr. Er faselte. Seine Eltern und Gustava waren erschrocken. Er wagte es nicht, die Augen zu schließen und zu schlafen, zum Glück erledigte das Fieber es schließlich für ihn. Eine Zeitlang wurde er auf eine Matratze im Elternschlafzimmer verfrachtet, trotz seiner siebzehn Jahre. (Aber ziemlich bald wieder in sein eigenes Zimmer geschickt.) Anschließend, als er wieder fieberfrei war, konnte er sich nicht daran erinnern; oder er wollte nicht darüber sprechen. Er drehte den Becher, den er in den Tagen davor noch als Kristallkugel und entscheidendes Beweisstück angesehen hatte, zwischen den Händen und verstand nicht, was er sah. Natürlich könnte man seine geistige Verwirrung dem Fieber zuschreiben. Aber dennoch.

MIKAEL

Warum muss diese alte Krankheitsgeschichte aus meiner Jugend jetzt wieder hervorgekramt werden? Seither umschiffe ich solch stürmische Gewässer doch erfolgreich.

BRUNO

Indem du nirgends hingehst, niemanden siehst?

MIKAEL

Im Gegensatz zu meiner Schwester, die es zu ihrem Beruf gemacht hat, in der menschlichen Seele zu wühlen, interessiere ich mich herzlich wenig für Psychologie. Ist das Bewusstsein nicht schon restlos durchkämmt worden? Und es hilft ja doch nichts, denn allem Anschein nach geht es den meisten Menschen trotzdem regelmäßig ziemlich schlecht. Ich wünschte, ich wäre einfach nur ein Augenpaar, das die Welt betrachtet, und ein Händepaar, das nach ihr greift. Heute Morgen bin ich hinausgegangen und habe einen Haufen Schneebälle aus dem für diesen Zweck überaus perfekten Schnee geformt. Ich formte sie ohne Handschuhe, und eine Zeitlang machte es mir Freude, den Schnee fest zusammenzupressen, dann wurden meine Hände zu kalt, vollkommen gefühllos, und ich schleuderte meine Schneebälle auf einige geparkte Autos, die schon im Vorhinein schneebedeckt waren, und mir gefiel das gute alte Ziehen in Schulter und Oberarm bei jedem Wurf. Dann ging ich erneut hinein und fühlte mich lebendig wie eine Tanzmaus; geradezu mit Lebensfreude geschwängert. Ja, oder besser gesagt nein, um die Seele kommt man nicht herum. Man fühlt sie. Ich trage meine nach außen gekehrt, unübersehbar wie eine Narrenkappe; jeder seelische Ausschlag bringt die Glöckchen daran zum Bimmeln.

Aber man könnte wenigstens damit aufhören, die Seele immerzu anzustarren, und stattdessen woanders hingucken. Die übermäßig beglotzte Seele, die Landkarte ohne weiße Flecken, sollte für mindestens ein Jahrhundert mit einem Tuch abgedeckt werden. Und wenn dann in hundert Jahren ein, sagen wir mal, Bürgermeister zur Feier des Tages, in einem weißen Kittel, wie ein Optiker, mit der Schere dasteht und das Band durchschneiden will, um das Tuch zu lüften und die Seele zu enthüllen, was würde man dann mit frischem Blick sehen? Einen glibberigen Mutterkuchen? Einen Schmetterling, der sofort aufflattert? Eine Arena im Miniaturformat, in der fürchterliche Kämpfe ausgefochten werden? Ich tendiere zu Letzterem und sehe von Pferden gezogene Kampfwagen, die ineinanderdonnern, und Pferde, die sich nach hinten werfen, die mit den Augen rollen, bis nur noch das Weiße zu sehen ist, und panisch wiehern.

Als meine Mutter mit mir schwanger war, fiel sie mit dem Mangelkorb unter dem Arm die Dachbodentreppe herunter, und fast wäre nichts aus mir geworden, doch wie sich herausstellte, hatte ich mich besser in ihr festgehalten als sie sich am Geländer. Sie blutete, war außer Gefecht gesetzt, vom Arzt ins Bett verbannt – nicht unähnlich einer Schaufensterpuppe, die vorsichtig aus der Auslage gehoben und in einem Hinterzimmer abgelegt wird. Dort lag sie bis zur Geburt.

ERZÄHLER
Und was kam bei all dem Stillstand heraus? Ein sechs Kilo schweres Baby fräste sich den Weg durch den Kanal. Inzwischen kann er kaum noch den Gürtel seines Kimonos schließen, und dieses Muster heißt Casanova. Stefan Zweig bezeichnet Stendhal in einem Porträt als »monstre de sensibilité« und mit einer »Schmetterlingspsyche (…) eingenäht in so viel Fülle und Fett«, dasselbe könnte man auch über Mikael sagen. Bei der kleinsten Regung fliegt er auf und flattert umher (bildlich gesprochen); nur sein überfüllter Bauch hält ihn am Boden.

MIKAEL

Ich rufe Gustava an und erzähle ihr vom Schnee. Gustava hustet sich durch das Gespräch, hoch im Norden am Tromsø Fjord – oder ist es ein Sund? Sie hustet so sehr, dass ich das Handy eine Armlänge von mir weghalten muss, bis ich den Lautsprecher einschalte und das Gerät auf den Tisch lege, sodass mein Wohnzimmer von ihrem vertrauten Husten erfüllt wird. Sie möchte gern *nur* eine Woche von meinen Anrufen verschont bleiben, damit sie ungestört ihr Inneres betrachten kann, oder um es weniger freundlich zu sagen: in ihrer ausgebohrten Seele zu bohren. Das kann ich nicht gutheißen, aber ich weiß, wann ich verloren habe, und sage: »Na dann, viel Spaß beim Zeittotschlagen.« Ein letzter Huster, und das Gespräch ist beendet. Jetzt spüre ich den Drang, mich umzuziehen. Ein Juckreiz, der im Nacken entspringt, breitet sich über den Rücken aus und von dort auf meine Vorderseite, am Ende hat das juckende Feld die Form eines Kimonos; als hätte ein bösartiger kleiner Schneider ein Schnittmuster über mich gelegt; ich bekomme Ausschlag; meine Haut hat gesprochen; und diesen Juckreiz und den mittlerweile magentaroten Ausschlag werde ich nur los, indem ich aufstehe und den Kimono wechsle.

ERZÄHLER

Manchmal zieht er sich sogar mehrmals täglich um. Das muss als Versuch betrachtet werden, sich selbst und den anderen zu entkommen – die anderen, das sind G. und seine Putzhilfe Bruno. Und jetzt auch ich.

MIKAEL

»Das ist doch das reinste Theater«, sagte Bruno, hob die Seiden-Brokat-Samt-Haufen vom Boden auf und hängte die Sachen auf Bügel.

»Und was stört dich am Theater?«, fragte ich. »Ich mag Theater«, sagte ich, der ich jeden Tag mein eigenes Theater bin. »Ist das Gegenteil von Theater dann Aufrichtigkeit oder Unverblümtheit?« Ich traue beiden nicht über den Weg. Ein neuer Kimono oder Morgenmantel ist ein neuer Zustand. Ich bin ein Prisma, ein Donner, ein Knall, eine Momentaufnahme.

ERZÄHLER

Jetzt zieht er im Schutz der geöffneten Kleiderschranktür einen gelben Kimono an, ebenfalls von Fortuny.

So täuscht er die »kleinen Detektive«, wie er jene nennt, die sein Zuhause betreten, um seine Identität, seinen Humor, seinen Zustand unter ihre Lupe zu nehmen. Er möchte ein Geheimnis sein, durch und durch mystisch. Er ist wie ein Schmetterling, der davonflattert und, in ein neues Flügelkleid gewandet, wieder zum Vorschein kommt. Nur so kann er sich der Giftnadel entziehen, die ihn auf ein Brett pinnen will, die Flügel noch immer leicht zitternd. Man stelle sich vor, jemand käme vorbei und sagte bei seinem Anblick, wie er noch auf dem Brett zappelt: Ach, war das schon alles? Er behauptet, er habe keine Ahnung, wer er selbst ist oder wie es ihm geht, aber kann das wirklich stimmen? Man bedenke, wie viel Aufmerksamkeit er mit seiner Eigenartigkeit erzielt; ich kann nicht aufhören, mich mit ihm zu beschäftigen.

MIKAEL

Ich wünschte, du wärst ein bisschen freundlicher. Es ist nicht leicht für mich, von niemandem gemocht zu werden.

BRUNO

Ich kann dir helfen: In meiner Eigenschaft als Kammerdiener weiß ich mehr über diesen Herren als er selbst.

ERZÄHLER

Fakt ist: Schmetterlinge verzücken ihn, am meisten schätzt er den Zitronenfalter, und weil er sich jetzt, genau jetzt, so niedergeschlagen – *fühlt*, hätte ich beinahe gesagt, aber er kann ja eigentlich gar nichts fühlen, unser guter Mikael –

BRUNO

Er *kann* etwas fühlen, aber vielleicht weiß er nicht so genau, was er fühlt. Und schon gar nicht, was andere fühlen.

MIKAEL

Hast du mich nicht gerade ein Monster der Empfindsamkeit genannt?

ERZÄHLER

– möchte er sich in ihn verwandeln, den Zitronenfalter, in seinem gelben Kimono. Er hat auch einen braunen, für den Fall, dass er als Trauermantel umherflattern möchte. Mikael verehrt Nabokov sehr, doch dessen grausames Hobby oder seine Nebenbeschäftigung, die Schmetterlingssammlerei, kann er ihm nicht verzeihen.

MIKAEL

Aber ich muss zugeben, dass es schwierig sein kann, lebende Schmetterlinge hautnah zu studieren, meistens heben sie ab, sobald ich mich nähere. Es gibt eine Art, die in hohlen Bäumen übernachtet, und wenn man sie stört, faucht sie, oder besser gesagt: Menschen identifizieren ihr Geräusch als Fauchen. Das würde ich gern mal erleben. Im letzten Juli erblickte mein Auge sieben Bienen in ein und demselben roten Klatschmohn. Letzten Sommer wurde ich Zeuge von etwas, das ein leichtes Erdbeben gewesen sein muss. Plötzlich wurde mein Haus von einem Schlag erschüttert. Erst dachte ich, dass ein großer Vogel gegen eine Scheibe geweht worden sein musste. Es stürmte. Doch kein Vogel war zu sehen. (Natürlich konnte er auch sofort weitergeflogen sein.) Das Dach war unbeschädigt. Ich ging wieder hinein. Und kurz darauf geschah es erneut, ein Schlag wie ein Donner, der von innen kam, als würde das Haus selbst donnern. So etwas hatte ich noch nie erlebt.

ERZÄHLER

Während er in diese sommerlichen Gedanken versunken saß, dämmerte ihm, dass seine Schwester ihn noch nie zuvor abgewiesen hatte. Was gerade am Telefon vorgefallen war, konnte man als Voraus-Zurückweisung bezeichnen: »Ruf mich in der nächsten Woche nicht an«, hatte sie gesagt; denn *im* eigentlichen Gespräch war sie nicht abweisend, sie lauschte geduldig seinem Vortrag über den Schnee.

MIKAEL

Es ist doch drollig, fast schicksalhaft, dass ich – der tags zuvor noch über die ungeheuren Regenmengen geklagt hatte, die der Himmel auf uns niedergehen lässt, und nach Schnee gelechzt hatte – bei Schnee erwache und nach heißem Kakao und getoastetem Brot mit geschmolzener Butter verlange, denn das braucht man nach einer Schneeballschlacht und einer Schlittenfahrt. Die eiskalten Hände brauchen eine warme Tasse, um die sie sich wölben können.

BRUNO

Vielleicht könnte man ein wenig vorsichtig sagen, dass er in einigen Punkten nie älter als zehn geworden ist. Er ist nach wie vor das einsame Kind, das alles in sich hineinstopft.

MIKAEL

Ihr habt euch gegen mich zusammengerottet. Wer seid ihr? Psychiatriepersonal aus den 1950ern?

Ich flattere zum Toaster. Ich starre in meinen schneebedeckten Garten hinaus. Wenn ich Gustava anrufen dürfte, könnten wir darüber sprechen, dass wir uns beide in einer weißen Landschaft befinden, obwohl 2000 Kilometer zwischen uns liegen, meine wird wohl bald schmelzen, wie üblich, ihre ist beständiger.

Der Schnee verbirgt meine Schmetterlingsvorkehrungen, die großen, flachen Steine, die ich dort platziert habe, wo die meiste Sonne hinscheint, und wo die Schmetterlinge gerne schlummern, wenn sie schwer vom Nektar sind. Hin und wieder bevorzugt einer den Rand des Vogelbads – ebenfalls aus

Stein –, wo er immer flacher wird, so reglos, dass ich denke, er sei mitten in seiner Rast gestorben, genau wie Gustav von Aschenbach in seinem Strandstuhl. In diesem Zustand lassen sich die Schmetterlinge am besten beobachten. Es ist mir auch gelungen, von der ersten Reihe aus das Saugen des Nektars zu beobachten, den schnurrharrdünnen oder eher spinnenbeindünnen Rüssel in der Blume umhertasten zu sehen.

Trotz meiner Vorkehrungen kommen üblicherweise nur neun verschiedene Arten in meinen Garten: der Kleine Fuchs, der Admiral, vor dem ich freudig salutiere, der Braunfleckige Perlmuttfalter, das Tagpfauenauge, das Große Ochsenauge – all diese Augen –, der Bläuling, der Zitronenfalter und der Kleine und Große Kohlweißling. Wenn ich andere sehen will, muss ich die Orte aufsuchen, an denen sie sich aufhalten. Das kann ich nicht. Aber mir gefällt die Vorstellung meiner selbst mit einem Fernglas, über ein Moor oder eine Heide spähend oder durch ein Gebüsch.

Vor bald fünfunddreißig Jahren, als ich gerade hergezogen war, hatte ich morgens immer viele Nachtschwärmer im Haus; ich konnte noch so sehr darauf achten, alle Türen und Fenster geschlossen zu halten, wenn ich das Licht eingeschaltet hatte, sie gelangten immer herein. Ich versuchte, sie mit einem Glas einzufangen, unter das ich einen Teller schob, um sie zu retten und hinauszulassen. Mit wem rede ich? Sagen wir, es ist der Typ mit den toten Augen, der im besten Sessel des Hauses sitzt.

ERZÄHLER
Ich, mit anderen Worten. Dein Interpret, der Übersetzer deiner Narrenstreiche.

MIKAEL

Jetzt gibt es nur noch selten einen vereinzelten Nachtfalter zu retten. In der letzten oder vorletzten Zeit habe ich viele Arten erst kennengelernt, nachdem sie auf die Rote Liste gesetzt wurden, so wie es Städte in, sagen wir einmal, Syrien gab, von denen ich noch nie gehört hatte, bevor sie zerbombt oder von der ISIS eingenommen worden waren; auf unserem Stundenplan steht Katastrophenzoologie oder Katastrophengeographie, heute und morgen und bis in alle Ewigkeit; Großer Sonnenröschen-Bläuling, Silberfleck-Perlmuttfalter, Skabiosen-Scheckenfalter, Senfweißling, Großer Fuchs, Zweibrütiger Würfel-Dickkopffalter, um nur einige Namen unter Tausenden auf der Liste zu nennen, und Homs, Aleppo, Ghuta, Ar-Raqqa, Palmyra.

Meine Reihe von Faulbäumen, die den Zitronenfalter beherbergt, ist jetzt eine Schneeskulptur. Ich versuche, die Welt zu retten, ohne meinen Garten zu verlassen. Ich hege den sehnsüchtigen Traum, weitere Bläulinge anzulocken, und habe deshalb ein Vermögen für Gewöhnlichen Hornklee und Acker-Witwenblumen ausgegeben – Pflanzen, die ich an jedem Straßenrand ausgraben könnte, wenn ich mich aus dem Haus wagen würde. Eines Tages kam ich ganz dicht an einen Bläuling in meiner Schneebeerenhecke heran, die Flügel waren ausgebreitet, er saß auf einer der winzigen rosa Blüten, die Sonne durchleuchtete ihn, sodass ich durch die Flügel hindurch seinen Insektenkörper sehen konnte, der mich an einen kleinen verkrampften Kutscher mit (um zwei imaginäre Daumen) geballten Fäusten erinnerte. Der Körper ist das Insekt. Und die Flügel sind eine Metapher – für nahezu alles in der Abteilung für Schönheit und Vergänglichkeit. Ich ziehe die Flügel vor. Ich kann es nicht ausstehen, wenn dieser tosende Körper zu nah an mein Gesicht herankommt, wenn doch einmal einer in mein Haus gelangt ist; zu viel Insekt. Wer wollte nicht lieber die Metapher betrachten – und sich ihr selbst nähern.

An jedem Sommertag untersuche ich die Aktivität der Bienen, ist sie groß oder gering. Ich habe (wie gesagt) nicht so viele verschiedene Schmetterlinge in meinem Garten, obwohl ich tue, was ich kann, um sie anzuziehen, indem ich pflanze, was ihnen und ihren Raupen schmeckt und behagt. Die Kohlweißlinge sind eindeutig in der Überzahl, eines Tages hatten sie endlich den blühenden Majoran entdeckt. Inzwischen träume ich davon, mich in den Garten zu stellen wie ein Verkehrspolizist und sie in die richtige Richtung zu dirigieren, zum Lavendel und zum Majoran, oder vielleicht sollten sie besser die Hornkleeroute nehmen. Stimmt meine Erinnerung, dass Verkehrspolizisten riesige Handschuhe tragen, damit man ihre Hände besser sehen kann? So sehe ich sie in meiner Kindheit stehen, mit großen weißen, in der Dunkelheit phosphoreszierenden Handschuhen, die bis zu den Ellbogen reichten. Oder sie verwendeten eine Art runde Schilder, die wie Tischtennisschläger aussahen. Ich weiß nicht, wann ich das letzte Mal einen Verkehrspolizisten gesehen habe. Mein Vater erinnert an einen (Kohlweißling), wie er in seinem weißen Kittel zwischen dem Haus und der Klinik hin- und herflattert, von Patient zu Patient, um jemanden auszusaugen; mein Vater braucht kein Schild, um den Weg zum Geld zu finden. Er ist eine Art Überbehandler. Meine Schwester hat ihm lange zur Seite gestanden und die Überoperierten brav in einen tiefen Schlaf versetzt, ehe sie Psychiaterin wurde, um sich aus dieser Rolle zu befreien. Meine Familie neigt zur Übertreibung, es gibt keinen goldenen Mittelweg. Ich erkenne meine Schwester nicht wieder. Ich bin ganz einfach gezwungen, sie anzurufen, um eine bessere Erklärung dafür zu erhalten, warum ich mich allein zurechtfinden muss. Aber diesmal gibt es kein Durchkommen. Die Zurückweisung wird mit jedem Freizeichen stärker.

»Ich glaube, du läufst zu viel allein durch die Gegend«, sagt Bruno, »du solltest jemanden kennenlernen.«

»Ich habe nicht die Kraft, mich mit mir selbst *und* einer anderen Person zu streiten«, erwidere ich.

ERZÄHLER

Er ist so viel allein, dass er glaubt, er wäre die ganze Welt und alle wären ungefähr so wie er. Und was soll sein ständiges Umziehen, sein Versuch, ein anderer und wieder anderer und wieder anderer zu werden, vor ihm verbergen, verschleiern, vor welcher Einsicht soll es ihn bewahren? Dass er ein Mann ist, dem es zunehmend schwerfällt, sein Zuhause zu verlassen, das er wie eine Höhle oder ein gepolstertes Nest eingerichtet hat, ein vornehmes, mit teuren Teppichen, auch an den Wänden, denn er liebt schöne Textilien wahrlich, manchmal legt er einen der Seidenkimonos über sein Gesicht, und wenn er Luft holt, zieht er den Stoff in seinen Mund hinein – und atmet ihn wieder aus, er tritt in einen Seidenmetabolismus über.

BRUNO

In Ermangelung eines anderen Körpers muss er einen Kimono lieben.

ERZÄHLER

Die Muster erfreuen ihn in ihrer Motivlosigkeit, sie haben keine Bedeutung, nichts an ihnen ruft nach einer Interpretation, und deshalb öffnen sie sein Bewusstsein für den Frieden. Und vor welchen Einsichten bewahrt ihn das Umkleiden noch? Dass er ein Mann ist, der seine Schwester viel zu sehr braucht, dass er keine anderen Menschen getroffen hat, die er lieben kann – kann er überhaupt lieben? – vielleicht, weil er nie irgendwo hingeht; dass es ihm schwerfällt, die Vernunft zu bewahren und klar zu sehen; dass sich sein Bewusstsein mitunter wie eine Arena anfühlt; dass er nicht müde wird, seinen Eltern die Schuld an seinem Unglück zu geben. Dass offenbar niemand zu schätzen weiß, wie gut er Geld verdienen kann, nicht mal sein Vater.

MIKAEL

Auch heute geht sie nicht ans Telefon. Ich hinterlasse eine Nachricht – »Hör auf, die Seele anzustarren!« –, die versehentlich wütend klingt. Ich rufe erneut an, um etwas Freundlicheres auf die Mailbox zu sprechen: »Die Welt liegt im Sterben, das Ego kann die Kurve kratzen«, ergänze ich *liebenswürdig*, glaube ich. Dieser Tag ist ohnehin schon schrecklich. Immer mit der Ruhe, wie man so sagt. Jetzt muss ich mich durch den Tag hindurchessen und kann mich nicht einmal mehr dazu aufraffen, den Kimono abzuwerfen oder mich ins Bett zu schleppen, als Knall auf Fall die Nacht da ist. Ich sinke ohnmächtig auf das Sofa, die Zähne pelzig von getoastetem Brot.

Ich werde davon wach, dass meine Narrenkappe rotiert. Ich brauche meine Schwester. Sie soll das Kreisen der Kappe stoppen, indem sie sie mit beiden Händen festhält. Sie soll ihre

Schulter unter meinen Kopf legen. Und weil das nicht geht, schlüpfe ich in meinen Wintermantel und schnappe mir die Autoschlüssel, um zu ihr nach Hause zu fahren und wenigstens in ihrem Zimmer zu sein, bei ihren Sachen; wenn mich die Vermieterin hereinlässt. Und wie ich so in meinem schneebedeckten Garten stehe, wird mir schwer ums Herz – ich glaube, ich kehre nie wieder zurück, alles verabschiedet sich.

BRUNO
Denk dran, dass du dieses Gefühl auch schon hast, wenn du nur zum Supermarkt fahren willst.

MIKAEL
Ich kann es nicht sein lassen, ich schließe die Tür wieder auf und stapfe hinein, obwohl meine Winterstiefel nasse Spuren auf dem Teppich hinterlassen. Hier hatte ich mich so viele Jahre gelagert, ja beinahe vertäut. Ich stehe vor meinem letzten Schnäppchen, dem Ellegaard-Gemälde über dem Sofa, und flehe die noch verschlossene Amaryllis an: »Öffne dich und lass mich ein in deinen Blumenbauch«, aber sie setzt ihre etwas schiefe Himmelsflucht unverdrossen fort. Ich werde auf den glatten Straßen sterben und öffne die Schublade meines antiken Sekretärs, den Bruno gerade mit Pflegeöl eingerieben hat und der warm und dunkel riecht, die Politur lässt den Holzgeruch aufleben, ich nehme meine Versichertenkarte heraus, falls ich ins Krankenhaus muss oder bis zur Unkenntlichkeit zerquetscht werde; dort liegt auch mein Pass, den ich wegen Gustava habe verlängern lassen: »Vielleicht sollten wir beide mal eine kleine Zugreise machen«, hatte sie gesagt und die Hand auf meine Wange gelegt.

ERZÄHLER

Hier in Mikaels Wohnzimmer, in all dieser Ordnung, wo jeder Gegenstand an seinem Platz steht, ist die passende Gelegenheit gekommen, um zu verraten, dass ich zwei sehr schwere Gegenstände versetzt habe, und einen einzelnen, eindimensionalen und im Verhältnis zur Natur überdimensionierten; jenes dritte Objekt ist ein Paar. Diese drei Dinge habe ich an Orten platziert, wo sie nichts zu suchen haben. Ihr könnt sie selbst suchen. Ich lobe eine Prämie aus – für den, der am schnellsten ist.

MIKAEL

Wann habe ich zuletzt mein Auto von Schnee freigeschaufelt? Ich muss mir selbst einreden, dass mich ein Vergnügen erwartet. Ich hätte die reife Birne in den Kühlschrank legen und die Zeitung ordentlich zusammenfalten sollen, aber jetzt bin ich gegangen.

Als ich eine Stunde später vor dem Wohnblock halte, in dem meine Schwester zur Untermiete lebt, bin ich ruhiger, weil ich mich auf die Fahrt auf den teils glatten Straßen konzentrieren musste. Ich denke daran, meinen Mantel so zuzuknöpfen, dass mein Zitronenkimono darunter verborgen bleibt, in dem ich geschlafen habe, ohne darüber nachzudenken, er hat auch noch Butterflecken von gestern, und die Vermieterin sollte besser nicht sehen, was sie für ein Sommerkleid halten könnte. Denn wahrscheinlich kennt sie Carpaccios Gemälde nicht, auf denen venezianische Männer wunderbare Gewänder tragen, die ihnen bis zur Mitte der Oberschenkel reichen, und dazu stramme Beinkleider im Stil meiner Leggings, und diese Unwissenheit sei ihr verziehen. Sie ist zu Hause. Sie ist mager und dunkel gekleidet, ihr Blick steigt und fällt, ihre Nasenlöcher verengen sich und weiten sich, als würde sie unbehagliche Wintergerüche wittern. Im Auto habe ich mir Folgendes zurechtgelegt: Meine Schwester hat ein Buch vergessen, und ich habe versprochen, es ihr nach Tromsø zu schicken. Die Vermieterin hat mich noch nie gesehen und bittet mich wie der Schlüsseldienst um einen Lichtbildausweis. Ich öffne meinen neuen, steifen Pass. »Schauen Sie, derselbe Nachname«, sage ich. Warum hat Gustava kein eigenes Zuhause, warum muss ich mich mit einer Person wie dieser Vermieterin herumschlagen? Warum konnte sie sich keine feste Bleibe suchen? Sie behauptet immer, sie hätte wegen der Arbeit umziehen müssen, je nachdem, wo ihre Tätigkeit sie hinführte. Aber andere Ärzte benehmen sich nicht so, sie haben ein Haus, eine feste Basis, oft auch ein Auto. Ich reiche der Vermieterin meinen Pass. Jetzt wird mir der Zutritt gewährt, sie schließt die Tür zu Gustavas Zimmer auf. Sie bleibt neben der Türschwelle stehen, und ich trete näher an sie heran, als es sich gehört, ich überschreite die Grenze zu ihrem Luftraum, sodass sie zurückweichen muss und ich die Tür schließen kann.

Dieses Zimmer, es ist so traurig und leer, enthält nichts als Tisch und Bett und riecht nach Rauch, die Wände sind vergilbt, auf dem Boden liegen gestapelte Bücher, denn es gibt nicht einmal ein Regal. Als mein Blick auf die Briefe fällt und ich meinen eigenen Namen auf einem frankierten Umschlag sehe, sinke ich auf einen Stuhl; während ich den Brief lese, bekomme ich das Gefühl, unter der Decke zu schweben und auf mich selbst hinabzusehen. Auf dem Tisch liegt auch eine Nachricht an die Vermieterin, und ich denke: Jemandem 500 Kronen dafür zu geben, ein paar Briefe einzuwerfen, ist verschwenderisch.

Gegen Ende steht in dem Brief, nach einer gewissen Zeit, wenn die schlimmste Trauer überstanden sei, würde ich eine Freiheit erleben; denn dass sie nicht mehr da sei, werde mich dazu zwingen, an anderen Orten nach Nähe und menschlichem Kontakt zu suchen. Sie schreibt, ich müsse es als Chance sehen, zu lernen, Bindungen mit anderen Menschen einzugehen; solange sie da sei, *bräuchte* ich mich nicht zu verändern. Ich sehe sie vor mir wie durch das verkehrte Ende eines Fernglases: Sie ist sehr klein und fern in ihrem rosa Daunenmantel, sie hebt die Hand und geht rückwärts aus der Zeit hinaus.

ERZÄHLER
Komm endlich aus dem Quark, wie man sagt.

MIKAEL
Ich klappe ihren Mac auf, ich kenne das Passwort, lauter Neunen, genau wie bei ihrem Handy, sie lacht bloß über ihren Leichtsinn, so viel zur IT-Sicherheit – während ich mich einlogge, spüre ich einen Stich der Sehnsucht nach der grauen Gestalt, die dauernd auftaucht, dem Icon meines Sicherheitsprogramms, mein grauer Geist, mehr Kontur als Mensch und darin den Models auf der Webseite von Fortuny nicht unähnlich. Sie hat ihren Suchverlauf gelöscht, allerdings bevor sie das Hotel in Tromsø gebucht hat. Ich rufe bei der Rezeption an. Ich rufe an, um zu sagen: Finden Sie meine Schwester, stürzen Sie in ihr Zimmer, halten Sie sie fest, bis ich komme. Doch niemand geht ans Telefon. Ich versuche es erneut. Nein, keiner da. Ich muss aufbrechen. Jetzt fällt mir ein, dass sie überlegt hatte, nach Yellowknife zu fahren, danke, dass du doch nicht so weit weg ge-

fahren bist, Schwester, sonst hätte ich dir die ganze Strecke hinterherfliegen müssen.

Ich buche ein Flugticket. Fast hätte ich ein Buch vergessen, ich zögere zwischen *Die weite Saragassosee*, eins von Gustavas absoluten Lieblingen, und *Der Tod in Venedig*, meine Wahl fällt auf Letzteres. Ich strecke es in die Luft, während ich mich an der Vermieterin vorbeizwänge, die vor der Tür stehen geblieben ist. Sie geht sofort ins Zimmer. Sie will sich den Geldschein schnappen. Vielleicht hätte ich den Brief an unsere Eltern mitnehmen sollen, aber jetzt ist alles egal. Abgesehen davon, dass ich rechtzeitig ankommen muss. Ich bin so, wie ich war, aufgebrochen. Mir wird bewusst, dass ich direkt an der Metrostation geparkt habe. Ich bin noch nie mit der Metro gefahren. »Ich nehme die Metro nach Kastrup«, sage ich so lange, bis ich es selbst glaube. Die Rolltreppe. Es geht so tief nach unten, dass man einen langen Textauszug rezitieren könnte, wenn einem einer einfiele. Ich habe Angst, dass mich jemand von hinten schubsen könnte. Aber ich vermeide es, das Geländer anzufassen. Kann ich mich noch rechtzeitig festhalten, wenn ich eine Hand auf meinem Rücken spüre? Kann man es als Blinzeln bezeichnen, wenn ein Tagpfauenauge einen Flügel öffnet? Auf halbem Weg nach unten erreicht mich doch ein Textbrocken aus Tor Ulvens *Totengräber*: »Das barocke Memento, dass selbst der schönste Mensch den Bußgang des Metabolismus in Unschönheit zurücklegen muss« – ich verteile die Silben auf beide Seiten des Mundes und klappere den Rhythmus mit den Zähnen. Diese Methode hatte ich in der Schule entwickelt, manchmal benutzte ich nicht die Zähne, sondern meine Zehen in den Schuhen, alles, was der Lehrer und meine kleinen, im Laufe der Zeit immer größeren

Klassenkameraden sagten, zerhackte ich und verwandelte es auf die Weise unten in meinen Schuhen oder oben im Mund zu Musik. Selbst Schwe-ster-lein muss den Buß-gang des Me-ta-bo-lis-mus in Un-schön-heit zu-rück-le-gen. Der Stoff-wech-sel, der un-auf-hör-lich statt-fin-det, zu-letzt die Ver-wand-lung von der Lei-che zur Zer-setz-ten. Oder wenn man kremiert wird, von der Leiche zur Asche – nun bleibt mir keine Zeit mehr für die Zahn- und Zehenmusik, denn ich habe die Unterwelt er-reicht.

Ich schätze die Technik; wie der führerlose Zug so hält, dass sich die Türen genau vor der Markierung am Bahnsteig öffnen. Ich nehme ganz hinten im Wagen Platz, vor dem großen Fens-ter, es ist zugleich beeindruckend und traurig, die Schienen hin-ter mir verschwinden zu sehen, und in der Kurve erscheint das Gefühl von Verlust am größten, aber ich werde von einer Mutter und einem Sohn auf den benachbarten Sitzen gestört. Vor uns klebt eine Anweisung oder Information, vielleicht ein Flucht-plan, ich kann es nicht genau erkennen. Doch als wir uns einer Station nähern, sagt die Frau zu dem Jungen, er solle sich bereit machen, um auf den aufgedruckten grünen Punkt zu drücken, damit sich die Türen öffnen. »Soll ich jetzt drücken, soll ich jetzt drücken?« »Nein, noch nicht ganz. *Jetzt* kannst du drücken«, und er presst seinen Daumen fest auf den Fleck und guckt nach hinten. »Die Türen gehen nicht auf!« »Drück ein bisschen fes-ter!« Und dann öffnen sie sich. Kurz darauf fordert die Frau ihn dazu auf, die Türen wieder zu schließen, indem er auf einen ro-ten Punkt drückt. Sie beobachtet genau, wann die Türen kurz davor sind, sich wieder zu schließen, und spornt ihn im selben Moment mit aufgeregter Stimme dazu an, erneut zu drücken.

Anschließend lobt sie ihn und erzählt ihm, es sei sein Verdienst, dass die anderen Leute ein- und aussteigen können. Ohne ihn würde nichts passieren. So geht das immer weiter, Station für Station. Was wird der Junge denken, wenn er Jahre später irgendwann entdeckt, dass die Türen ohne sein Zutun auf- und zugleiten? Wann wird er es bemerken? Wird er sich dann überhaupt noch daran erinnern, dass man ihm einst eingeredet hat, er wäre der Türöffner? Das ist doch völlig daneben. Und diese von der Mutter veranstaltete Dramatik, ihr aufgeregtes »jetzt, jetzt, jetzt«, damit der Junge drückt und bohrt, macht es noch schlimmer. Ich schäme mich stellvertretend für das Kind. Ich halte es noch eine Station aus, dann ziehe ich den plattgedrückten Daumen des verkrampften kleinen Türöffners vom Übersichtsplan und sage: »Du kannst ganz getrost damit aufhören. Deine Mutter lügt dich an. Die Türen öffnen und schließen sich automatisch.« Und zu der Frau sage ich: »Sie fördern Größenwahn. Das ist nie eine gute Idee, sehen Sie sich nur mal in der Weltgeschichte um.« Der Junge zieht seinen Finger zu sich und brüllt los. Ich erhebe mich voller Würde. Die Mutter boxt mir mit der Faust in den Rücken, oder vielleicht ist es auch der Junge. Ich lasse Chaos, Rotz und Tränen zurück, und die Mutterstimme, die das Brüllen zu übertönen versucht.

Der Flughafen. Ist riesig geworden. Seit ich das letzte Mal hier war. Überall wabert eine von teuren Waren verbreitete erotische Stimmung, und ich werde ganz lüstern. Es gab viele Dinge, die ich gern gekauft hätte, vor allem eine grüne Aktentasche, aber ich riss mich am Riemen. Ich führte mir mein Projekt vor Augen, ich konzentrierte mich, ich suchte eine Toilette auf, hielt die Handgelenke unter kaltes Wasser und wusch auch mein Gesicht und meinen Nacken. Dann bestellte ich mir trotzdem ein paar Krustentiere, die Wartezeit wurde zu lang.

Als ich schließlich im Flugzeug saß, dachte ich, jetzt gäbe es immerhin zwei Dinge, mit denen ich meine Schwester erfreuen kann oder hätte können, sie, der meine persönliche Entwicklung immer so am Herzen liegt.

1. Ich hatte meine Flugangst überwunden.
2. Ich war in einem meiner Kimonos in die Welt hinausgegangen: mein Wintermantel ruhte zusammengelegt im Gepäckfach über mir; man sollte nicht glauben, mir würde die Absurdität nicht selbst auffallen.

Manchmal fühlt es sich an, als würden mir alle den Rücken zukehren, auch wenn sie mir die Vorderseite zuwenden, und ich müsste mich um sie herumschlängeln, ehe sie mich bemerken.

Ich glaube nicht, dass Gustava tot ist. Warum sollte man ein Hotel für eine Woche buchen und sich schon am zweiten oder dritten Tag umbringen? Das ergibt keinen Sinn. Am letzten Tag des Aufenthaltes wäre es sinnvoll. Nach einem kleinen Urlaub, einer Art Urlaub. Würde sie so denken? Oder denke nur ich so – dass ich, nachdem ich mich endlich einmal vor die Tür gewagt habe, auch voll und ganz auf meine Kosten kommen will.

Ich musste in Oslo umsteigen, und wegen des Nebels über Tromsø wurde es eine lange Reise, wir kreisten fast eine Stunde dort oben und wurden schon darauf vorbereitet, stattdessen in Bodø zu landen und anschließend eine endlose Busfahrt nach Tromsø anzutreten, weshalb ich eine Art Zusammenbruch erlitt, es kam mir beinahe mechanisch vor, als hätte ich mich verhakt, aber ich blieb tapfer, und als sich der Nebel lichtete und wir doch in Tromsø landen konnten, war alles überstanden. Ich nahm ein Taxi zum Hotel. Das Bemerkenswerteste, was meinem Blick begegnete, waren zwei riesige Augen auf einem zweigeteilten Garagentor; wenn die eine Hälfte geöffnet wird ... entsteht eine zyklopische Situation. Ich musste an die Reklame für den Augenarzt in *Der große Gatsby* denken, eine hoch oben angebrachte Werbetafel mit einem Männergesicht, dessen Augen durch die Brillengläser alles registrieren. Gott, ersetzt durch einen Augenarzt.

Gustava hat das Hotel verlassen. Das erzählte mir der Rezeptionist. Sie sei nach Venedig gefahren. Sie habe den Eisbären umschlungen, ja beinahe bestiegen, es ist kaum zu glauben, meine kontrollierte, korrekte Schwester. Nachdem es dem Rezeptionisten gelungen sei, sie vom Bären zu lösen, habe sie lange geweint, in seinen Mantelärmel, der immer noch nass sei, ob ich mal fühlen wolle? Nein, danke. Denn er habe ihr seinen Mantel umgelegt und sie auf einen Stuhl gesetzt und weinen lassen – ihm sei wieder eingefallen, wie seine Mutter, als er ein Kind war, ganz still neben ihm gesessen hatte, während er weinte; wenn er damit fertig war, musste er immer gähnen, und dann holte seine Mutter ein Stück Küchenrolle, damit er sich die Nase putzen konnte; erst danach hatte sie ihn gefragt, was denn los sei, aber da war es meistens schon viel besser. Ich ertrage es nicht, ihm zuzuhören. »Stopp!«, flüstere ich und fasse mir an die Schläfen. »Ich muss nachdenken!«

ERZÄHLER

Ach, jetzt denkt Mikael, Gustava sei nach Venedig gefahren, um Gustav von Aschenbach nachzueifern, nur weil sie nach ihm benannt ist. Und er müsste sie finden, ehe es mit ihr dasselbe Ende nimmt.

MIKAEL

Aber, fuhr der Rezeptionist fort, als sie gegähnt habe und er ihr die Küchenrolle gereicht und gefragt habe, ob sie ihm das Herz ausschütten wolle, hätte sie ihn nur gebeten, ein Taxi zum Flughafen zu rufen. Er habe sie überreden wollen, ein bisschen länger in der Arktis zu bleiben, doch vergebens; sie wollte nach Venedig.

Nachdem er das erzählt hatte, ging er zu dem Ausgestopften, um ihn mit einem Besen zu glätten, und ich war den Mann endlich los. Ich muss mir eine kleine Pause gönnen, ehe ich mit dem Denken anfange. Er hat mich halb totgeredet.

ERZÄHLER

Mikael hätte sogar noch einen Flug zurück nach Oslo erreichen können, doch von dort aus wäre er ohnehin erst am nächsten Tag nach Venedig gekommen, weil alle Flüge ausgebucht waren, weshalb er beschloss, die Nacht über in Tromsø zu bleiben. Er, dem es am liebsten ist, wenn gar nichts passiert, außer am Aktienmarkt, war heute mit einem viel zu hohen Tempo und einer Unzahl von Menschen konfrontiert gewesen, die Ereignisse hatten ihn fast überrollt.

MIKAEL

Der Rezeptionist überließ mir das verlassene Zimmer meiner Schwester, sie hatte für eine Woche bezahlt. Sie ging immer noch nicht ans Telefon. Jetzt brauchte ich ein Bad, kochend heiß, so mochte ich es. Doch das Wasser wollte nicht warm werden, so sehr ich auch schraubte und drehte; da stand ich im reichen Öl-Norwegen und musste meinen unpässlichen Körper mit kaltem Wasser besprenkeln. Gestern habe ich ein ganzes Brot gegessen, ein rundes, knuspriges, säuerliches Landbrot, leicht geröstet und dick mit Butter bestrichen, ich konnte nicht anders, ich muss mir selbst verzeihen, weil ich völlig außer mir war, deshalb gebe ich meinem geweiteten Bauch einen freundlichen Klaps. Anschließend klopfe ich mir selbst auf die Schulter, weil ich geflogen bin, noch dazu bei herausfordernden Wetterverhältnissen: Nebel, und ich muss gestehen, dass ich die Beherrschung verlor, nachdem wir eine halbe Stunde gekreist waren, ohne zu landen, aber was soll's, immerhin wurde den anderen Passagieren etwas geboten, mein lieber Herr Gesangsverein, wie man sagt oder früher einmal sagte. Davor war ich das letzte Mal im Alter von zehn geflogen und hatte nur wieder runtergewollt, kaum dass wir oben waren, mich auf den Mittelgang geworfen und gebrüllt: »Ich sterbe!« Anschließend wurde ich in den Ferien bei meiner Großmutter untergebracht und ging mit ihr in die Kirche, während die übrige Familie Bildungsreisen unternahm – dort saß ich dann und sog den intensiven Feuchtigkeitsgeruch des Gebäudes ein und wunderte mich über den Goldschnitt des Gesangbuches; denn wenn man eine Seite für sich betrachtete, konnte man das Gold nicht sehen, war das Buch hingegen zusammengeklappt, hatte es einen breiten Goldstreifen. Einfach nur den Kopf gegen die Wand zu schlagen, muss deshalb schon als Fortschritt gelten. Aber. Aber, aber, aber – es lag an meiner Angst, nicht rechtzeitig bei Gustava anzukommen, nicht an der Flugangst. Wahrscheinlich hatte ich als Kind nur Angst vor dem Fliegen, weil meine Eltern dabei gewesen waren. Ich unterstellte ihnen die Kräfte, einen Flugzeugabsturz herbeiführen zu können, wenn sie es wollten. Ohne sie an meiner Seite wäre ich auch damals schon so selbstverständlich geflogen wie ein Vogel.

Und wo ich schon einmal dabei bin, streiche ich mir selbst auch noch über die Wange – und tue so, als wäre meine Hand die meiner Schwester – weil ich im Flugzeug den Mantel auszog und auch ausließ, obwohl die Stewardessen meinen schmuddeligen Kimono anstarrten, aber wahrscheinlich nicht wegen seines schmuddeligen Zustands. Als ich im Flugzeug panisch wurde, versuchte mein Sitznachbar mit mir zu plaudern, natürlich, um mich abzulenken: »Wollen Sie auch zum Skifahren?«, fragte er. »Nein«, rief ich. »Waren Sie jemals Ski fahren?« »Ja, zweimal«, rief ich. »Nur zweimal?« »Jaja, ich weiß, Ihr seid eine Skifahrernation, aber jetzt lassen Sie mich bitte in Ruhe«, zischte ich und kam seinem Gesicht dabei ganz nahe, woraufhin er um einen anderen Sitzplatz bat. Ich lasse die falsche Gustava-Hand ein wenig auf meinem Bauch kreisen.

An der Rezeption hatte ich gesagt, ich würde das Zimmer einfach so übernehmen, wie es sei, ohne Reinigung und saubere Bettwäsche, »wir sind ja eine Familie«, sagte ich. Doch jetzt bereue ich es, es fühlt sich komisch an, unter ihre Bettdecke zu kriechen, um mich nach der kalten Dusche wieder aufzuwärmen. Ich habe nicht mehr in ihrem Bett gelegen, seit ich in meiner Kindheit an den Wochenenden zu ihr unter die Decke hüpfte und sie mir laut aus ihrem Buch vorlas, egal welches und egal wie weit sie darin schon gekommen war, das sollte meine Fähigkeit trainieren, Zusammenhänge zu erkennen. Schon damals war alles Training, Vorbereitung, Verbesserung. Ich lehne mich dagegen auf, meine Esserei ist Auflehnung. Womit ich meine, ich esse aus Trotz gegen die unangemessene Menge an Forderungen und unbegreiflichen Stimmungsschwankungen meiner Narrenkappe, dinge-linge-ling. Es fühlt sich zu intim an, diese benutzte Decke über mich zu ziehen. Mein Abstand zu Gustava hat sich vergrößert, durch ihr seltsames Verhalten im Foyer ist sie mir fremd geworden. Ich verstehe nicht, wie sie sich nackt in einem Durchgangsbereich zeigen konnte und wie sie vom plötzlichen Drang übermannt wurde, sich an *dieses Etwas* – denn als Tier kann man es nicht bezeichnen – zu drücken, diesen künstlichen, grotesken Gegenstand. Ich hasse ausgestopfte Wesen. Sie stehen auf dem Boden, sie hängen an den Wänden und verbreiten im ganzen Raum eine Todesatmosphäre. Außerdem muss ich zugeben, dass sie durch dieses spartanische Zimmer in meiner Achtung gesunken ist. Ihren Verzicht darauf, etwas zu besitzen und dazuzugehören, verstehe ich auch nicht.

ERZÄHLER

Er macht sich nicht klar, dass sie in dem bescheidenen Dachzimmer wohnte, bis sie dreißig war, und dann phasenweise in möblierten Klinikwohnungen, und diese Lebensweise eigentlich nur fortführt.

MIKAEL
Mir wird bewusst, dass ich vielleicht meine Eltern anrufen sollte, trotz allem. Ich erinnere mich, und darauf könnte ich gerade gut verzichten, weil es meine Stimmung noch weiter herunterzieht, wie ich mit ungefähr siebzehn, nachdem wir meine Großmutter beerdigt hatten und nach Hause zurückgekehrt waren, einen Tag später wieder ans andere Ende des Landes fuhr und mich ein wenig an ihr Grab setzte, weil ich fand, die Beerdigung sei so schnell vorbeigegangen, ich hatte noch nicht richtig verstanden, dass sie tot war. Ich bin langsam. Ich brauche viel Zeit. Bei ihrer Beerdigung, es war an einem Sommertag, manifestierte sich übrigens ein ganzer Schwarm orangefarbener Schmetterlinge in der Luft, als gerade Erde auf den Sarg geworfen wurde, und weil ich mich damals noch nicht für Schmetterlinge interessierte, würde ich es wahrscheinlich heute nicht mehr wissen, wenn meine Mutter mich nicht am Arm gepackt und gesagt hätte: »Das ist ihre Seele, die aufsteigt.« Und jetzt denke ich, im Gegensatz zu damals, als ich noch nicht die nötige Kapazität oder Reife hatte: Die Präsenz meiner Großmutter war so groß, dass ein einzelner Schmetterling nicht reichte, um eine Seele auszumachen; es bedurfte eines ganzen Schwarms. Damals empfand ich nur das Unbehagen, das mich jedes Mal befiel, wenn meine Mutter »poetisch« sein wollte; eine poetische Aussage ging immer damit einher, dass sie ihre Stimme senkte, klangvoller machte. Manchmal gelang es ihr erst ein paar Sätze später, die Stimme wieder anzugleichen, sodass etwas äußerst Prosaisches noch im selben Ton hervorgebracht wurde wie damals auf dem Friedhof: »Das ist ihre Seele, die aufsteigt. Wann lernst du endlich, eine Krawatte zu binden?«

Kaum stand ich am Grab, das mit den ganzen Sträußen bedeckt war, fühlte ich mich verloren und bereute, dass ich gekommen war; das Grab war hoch aufgeschüttet, beim Gedanken, wie tief es absinken musste, um auf einer Ebene mit der Umgebung zu liegen, wurde mir schlecht, der Blumengestank tat sein Übriges. Ich lief ein wenig auf dem verlassenen Friedhof umher, ich stellte mich an eine Steinmauer und sah über das Meer. Ich ging in die weiße Dorfkirche, ein Geruch von Brunnen schlug mir entgegen, etwas Stilles, Schwarzes; hier war ich jeden Sonntag mit meiner Großmutter beim Gottesdienst gewesen, wenn ich bei ihr untergebracht worden war. Anschließend stellte ich mich noch einmal für einen Moment neben das Grab und fuhr dann wieder nach Hause. Die Erinnerung wirkt unbarmherzig auf das Erinnerte ein, es erholt sich nie von ihr, lässt sich unmöglich neu erinnern. So ergeht es mir jedenfalls. Jetzt, jetzt werde ich von einer Szene überrollt, in der Gustava beerdigt wird, und meine Mutter sagt dunkel und schmachtend: »Warum sie und nicht du? Warum trägst du diesen lächerlichen Kimono?«

ERZÄHLER

Wenn er sich etwas vorstellt, nimmt es Wirklichkeitscharakter an, es bohrt sich in ihn hinein, es färbt sein Verhältnis zu anderen, wie jetzt zur Mutter, als wäre sie tatsächlich so gemein gewesen; als hätte alles so stattgefunden, und G. wäre tot und die Beerdigung vorbei. Jetzt krümmt er sich vor Schmerz zusammen und ruft »nein, nein, nein« auf seine Knie herab; dann wird ihm bewusst, dass es nicht real ist, und er richtet sich langsam wieder auf, aber mit dem Gefühl, versehrt zu sein.

BRUNO
Da sieht man, dass er mit voller Kraft fühlen kann.

MIKAEL
Kann ich es als Anlass zur Hoffnung sehen, dass sie weitergereist ist? Und wie soll ich sie in Venedig finden? Ich weiß nicht, wann ihr Leben in die Schieflage geriet. Wann senkte sich die Dämmerung in ihr herab, wann wurde es Abend und schließlich endlose Nacht? Gut, dass meine Schwester nicht in meinem Bewusstsein ist, ich wüsste genau, was sie sonst sagen würde: »Jetzt ist die gefühlsmäßige Übereinstimmung so gering, dass dir nicht einmal mehr Hauptsätze helfen.« Ich bin allein auf weiter Flur in deinem verlassenen Bett, Schwester, ich flehe dich an, komm zurück und sei die Große. In meinem Zustand hilft es nur noch, den Intellekt einzuschalten, wie eine Glühbirne wird er die trübe Dunkelheit erhellen: Wenn Gustava vorhat, auf Aschenbachs Spuren zu wandeln – und warum sollte sie sonst nach Venedig fahren –, gibt es nur eine begrenzte Auswahl an Orten anzusteuern, jedenfalls namentlich bei Mann erwähnte, ich muss eine Liste schreiben; darüber hinaus wird auch viel ohne Ortsangaben durch die Stadt gestreift und gegondelt, auf den Fersen von Tadzio, dem schönen Jüngling: die Schönheit, der Zerfall und der Tod. Und Aschenbach überquert mehrmals die Lagune, sowohl mit dem Dampfer als auch mit der Gondel. Ich habe *Der Tod in Venedig* auf dem Nachttisch liegen, aber auch in lebendiger Erinnerung. Ich habe das Buch fünf Mal gelesen. Und den Film zwei Mal gesehen. Weil ich überlegte, ob die Novelle ein Schlüssel sein könnte, um zu ergründen, warum meine Eltern Gustava so genannt hatten, oder

ob die Namensgebung nur aus reißerischen Gründen erfolgt war, so wie Leute ihren Hund Duras oder Merkel nennen; etwas, das man ausschmücken oder worüber man schmunzeln konnte, bei den Abendgesellschaften, zu denen meine Eltern oft einluden, dann füllte sich die Einfahrt mit den großen Autos ihrer wohlgekleideten, wohlriechenden und wohl langweiligen Freunde, aus Kinderperspektive betrachtet, manchmal brachten die Freunde ihre eigenen Kinder mit, und einmal wurde der Esstisch freigeräumt, damit eine Tochter uns Ballett vortanzen konnte – ich habe nie verstanden, warum der Tanz auf dem Tisch vonstattengehen musste. Anfangs saß ich auf der Treppe hinab zum Flur und beobachtete die Ankunft der Gäste durch die Stäbe des Geländers, bis mich das Kindermädchen ins Bett brachte. Soweit ich sehen kann, gibt es in meinem Vaterland keinen anderen Menschen, der Gustava heißt. Im Jahr 2020 trugen 5369 dänische Staatsbürger den Vornamen Mikael. Ein Anstieg von dreizehn im Vergleich zum Vorjahr. »Mikael ist ein verhältnismäßig gewöhnlicher Vorname«, so die lakonische Zusammenfassung des Artikels. Der Name geht zurück auf den Erzengel Michael, den Beschützer Israels und des Himmels und den Anführer im Kampf gegen den gefallenen Erzengel Luzifer. Aber genug davon, mich muss niemand finden, ich liege genau hier mit meinem aufgeblähten Bauch.

Zurück zu Aschenbach. Falls meine Eltern den Ehrgeiz hatten, meine Schwester zu einem von Aschenbach zu machen, ist es zumindest in Bezug auf das gelungen, was man als Parameter der geballten Faust bezeichnen könnte:

So, schon als Jüngling von allen Seiten auf die Leistung – und zwar die außerordentliche – verpflichtet, hatte er niemals den Müßiggang, niemals die sorglose Fahrlässigkeit der Jugend gekannt. Als er um sein fünfunddreißigstes Jahr in Wien erkrankte, äußerte ein feiner Beobachter über ihn in Gesellschaft: »Sehen Sie, Aschenbach hat von jeher nur *so* gelebt« – und der Sprecher schloss die Finger seiner Linken fest zur Faust –; »niemals *so*« – und er ließ die geöffnete Hand bequem von der Lehne des Sessels hängen. Das traf zu; und das Tapfer-Sittliche daran war, dass seine Natur von nichts weniger als robuster Verfassung und zur ständigen Anspannung nur berufen, nicht eigentlich geboren war.

Der Tod in Venedig

Wer ist schon zur ständigen Anspannung geboren?, könnte man fragen. Aber jedenfalls wurde meine Schwester ein zunehmend angespannter Mensch. Und berufen war sie auch, nicht dazu, ein großer Schriftsteller zu werden, ein Geistesarbeiter, Geistesfürst, wie Aschenbach, obwohl unsere Eltern uns mit Literatur und Kunst mästeten wie Stopfgänse, sondern zur Ärztin berufen, berufen von meinem Vater und der Familienklinik. Vor meinem inneren Auge erscheint folgendes Motiv von einem Gemälde aus dem 18. Jahrhundert, das eine Entenjagd darstellt: An den Ruderbänken der Boote sind Lock-Enten festgespannt, ganz flach geduckt, die Flügel zur Seite ausgebreitet, haben sie die Aufgabe, die anderen Enten herbeizurufen. Diese Entenlockerei könnte eine Chiffre für meinen Vater sein (der meine Schwester zur Ärztin beruft und früher selbst von seinem Vater dazu berufen worden war).

Zurück zu Aschenbach. Als er in Gestalt des polnischen Jungen Tadzio von der Liebe und der Schönheit ergriffen wird, ist seine Hand geöffnet worden; hier betrachtet er den Jungen am Strand durch das Fenster seines Zimmers im Grand Hôtel des Bains:

Dann hob er den Kopf und beschrieb mit beiden schlaff über die Lehne des Sessels hinabhängenden Armen eine langsam drehende und hebende Bewegung, die Handflächen vorwärtskehrend, so, als deute er ein Öffnen und Ausbreiten der Arme an. Es war eine bereitwillig willkommen heißende, gelassen aufnehmende Gebärde.

Der Tod in Venedig

ERZÄHLER

Du glaubst – und hast teilweise vielleicht auch recht –, dass G. nach Venedig gefahren ist, um sich zu ent-spannen, um ihre Sinne an einem von Sinnlichkeit gesättigten Ort zu öffnen, um zu schlendern. Doch an dieser Stelle endet jene Gemeinsamkeit mit Aschenbach. Im Gegensatz zu ihm soll sie *nicht* erfahren, dass der Preis dafür, sich immer nur von Pflicht und Moral beherrschen zu lassen und das Dionysische – seien es Tanz, Wein, Gelächter, gemeine Worte, Hingabe, Glück, Wut oder einfach nur Gefühle anstelle ständiger Vernunft – aus seinem Leben zu verbannen, darin besteht, derart überwältigt zu werden, wenn man dem Verbannten dann doch begegnet, dass man daran stirbt; in Aschenbachs Fall unterstützt von der Cholera. Sie ist ein »moderner Mensch«. Siehst du denn nicht, dass es fast nur Unterschiede gibt? Sie ist keine Autorin, sondern Ärztin, sie besitzt keine große klassische Bildung, und es wäre in Ordnung, wenn sie einen Menschen desselben Geschlechts lieben würde – diese Spannung gibt es nicht mehr, zumindest dort, wo sie herkommt.

MIKAEL
Es wäre aber nicht in Ordnung, wenn sie ein Auge auf eine Vierzehnjährige werfen würde, genauso wenig wie damals bei Aschenbach.

BRUNO
Herr Auge, weiß Mikael nicht, dass du den Flughafen-Tadzio aus der Gleichung gestrichen hast?

ERZÄHLER
Nein, lieber Bruno, ich hatte noch nicht die Gelegenheit, das zu erwähnen.

MIKAEL
Es gibt einen Grund dafür, dass meine Eltern sie so genannt haben, Gustava – und dieser Grund hat jahrzehntelang geschlummert, aber jetzt ist er erwacht, jetzt entfaltet er sich, jetzt wird er fatal.

ERZÄHLER
Er hört nur den Takt seiner eigenen Trommel, bummelum-bummelum, verblendet immer weiter stur geradeaus, stimmt's, Mikael, bevor die Aschenbach-Spur kalt wird.

MIKAEL

Corona wird den Weg meiner Schwester in den Tod vielleicht verkürzen. Sie ist ein Apollo (dann muss ich Dionysos sein). Obwohl ich in meinem gelben Kimono eher an einen Sonnengott erinnere. Und du bist Sokrates, der Rationale, den habe ich noch nie lange ertragen, Herr Mich-gegen-meinen-Willen-Interpretierender.

In was für eine Form wurden wir gegossen? Wir, kubistisch. Ich, der Kubistischste von allen. Zu wem (im Plural) können wir uns umformen lassen? Und wo gehen wir hin? Nehmen wir nur einmal mich als Beispiel. Noch gestern, auf meinem Sofa liegend, hätte ich nicht gedacht, dass ich heute in Tromsø unter einer Bettdecke liegen würde.

Es gibt eine Handvoll wahnsinnig komplizierter Seiten in *Der Tod in Venedig*; soweit ich mich erinnere, ist ein Großteil des zweiten Kapitels ziemlich mühsam. Als ich dieses Kapitel seinerzeit immer wieder las und krampfhaft zu verstehen versuchte, wurde ich ins kalte Wasser geworfen. Das Kapitel springt zwischen Aschenbach als jungem Autor und seiner späteren Entwicklung hin und her, und welche Veränderungen sein Stil oder vielleicht seine Form mit der Zeit durchlaufen hat, er ist offenbar klassischer geworden; was auch immer das bedeuten soll, an der Antike orientiert? Am besten erinnere ich mich daran, dass er als Alternder »jedes gemeine Wort« aus seiner Sprachweise verbannte und nicht mehr von der Freude getragen wurde, sondern von der Pflicht. Ich ärgerte mich so darüber, dass ich kein glasklares Gefühl für Aschenbach damals und heute bekam.

Es gibt Themen in *Der Tod in Venedig*, die ich mit keinem

Recht auf meine Schwester und den Arztberuf übertragen kann; nämlich die Schöpfung eines Werks und die Bedeutung seiner Schönheit für den Künstler Aschenbach; aber es interessiert mich, weil mein Bedürfnis nach Schönheit so groß ist, Schönheit versetzt mein Inneres in Schwingungen, Schönheit schickt mein verteufeltes Ego zum Teufel; ein Gefühl, als säße ich auf einer Schaukel und würde so heftig angestoßen, dass ich mit der Nase voran im Kies lande – und für einen kleinen Moment davor bewahrt werde, in meinem inneren Sumpf zu versinken. Schmetterlinge, meine Seidenkimonos – wenn ich dasitze und die Flügel oder den Stoff betrachte, verringert sich die Geschwindigkeit in meinem Inneren, der Tumult darin wird gebremst.

Als Aschenbach beschließt, auf Reisen zu gehen, hat er eine Schreibflaute; das Buch, das Werk, leistet Widerstand. Er betrachtet die Reise als hygienische – ein unheimliches Wort, es klingt deutsch, ist aber Griechisch und bedeutet Gesundheit – Maßnahme, die ihm neue Kraft verleihen soll, um sein Werk zu vollenden. Hygiene ist das Ziel, aber Aschenbach endet in einem so unhygienischen (kranken) Venedig, dass Desinfektionsmittel vonnöten sind.

Über seine Herangehensweise an das Schreiben hat der Leser erfahren, dass er früh aufsteht, ein kaltes Sturzbad nimmt und einige Stunden im Schein zweier Kerzen schreibt; und was im fertigen Werk wie ein vollendeter Zusammenhang aussah, war aus einer Vielzahl kleiner Textstücke zusammengeflickt worden, dem Ergebnis seines morgendlichen Fleißes. Gegen Ende der Novelle beginnt er, in seinem Liegestuhl am Strand unter der blendenden Sonne sitzend, zu schreiben, während

Tadzio vor ihm im Sand spielt; so kann er die ganze Zeit aufsehen und den schönen, geliebten Jungen betrachten. Unbeschwert schreibt er einige Seiten Prosa am Stück, an der sich später die Welt erfreut. Aschenbach braucht Schönheit und Leidenschaft, um produktiv zu sein. Schönheit kann nicht aus dem Werk selbst heraus entstehen, ohne äußere Einflüsse von der Welt. Harte Arbeit und Pflichtgefühl reichen nicht aus. Tadzio ist mehr als nur ein schöner Junge, in den sich Aschenbach verliebt; er ist auch das Kunstwerk selbst, die Form, die aus dem Schaum der Wellen und aus dem Licht geboren wird – Tadzio auf dem Weg aus dem Wasser.

In Viscontis Film *Der Tod in Venedig* wurde Aschenbach in einen Komponisten nach dem Vorbild Gustav Mahlers verwandelt, so wie auch Mann selbst seinen Aschenbach nach Mahler formte, aber einen Autor aus ihm machte und eine ordentliche Prise seiner selbst einstreute.

Ich wünschte, Visconti hätte seinen Traum über eine abendfüllende Verfilmung von *Auf der Suche nach der verlorenen Zeit* verwirklicht. Er wäre nicht umhingekommen, Albertine in ein Fortuny zu kleiden, eines der ursprünglichen Modelle, das jetzt im Museum aufbewahrt wird, und es wäre ein Glück gewesen, das anzusehen.

Immer wenn ich *Der Tod in Venedig* las, musste ich darüber weinen, nicht Aschenbach zu sein, den der Anblick von Tadzio am Strand zum fließenden Schreiben inspirierte.

ERZÄHLER
Du weinst vor Sehnsucht. Du standest oft in deinem einsamen Garten, und in dir sprach es: Was, wenn ich mich umdrehen würde, und plötzlich stünde dort ein anderer Mensch.

MIKAEL
Vielleicht wartet die Leidenschaft hinter der nächsten Ecke. Ich bin in die Welt hinausgegangen, endlich bin ich draußen in der Welt.

ERZÄHLER
Du bist in einem Hotelzimmer. Allein.

MIKAEL
Aber mein Fenster steht offen, und während ich hier lag und nachdachte, begleiteten mich die Schreie der Möwen über dem Hafen. Ich mag ihren Klang. Es ist erfrischend, anstelle der ewigen Krähen mit ihren heiseren Stimmen in meinem Garten den Möwen zu lauschen. Bisher haben mir die Möwenschreie als eine Art Hintergrundmusik gedient. Aber jetzt habe ich fürs Erste fertiggedacht und stehe auf und stelle mich ans Fenster, um die Möwen zu betrachten. Sie anzusehen und gleichzeitig zu hören, bewirkt etwas. Als ich vor ein paar Stunden dem Rezeptionisten zuhörte, musste ich auf seinen Mund gucken, während er sprach, um sein Norwegisch zu verstehen.

»Hörst du's, hörst du's, hörst du's«, schreien die Möwen im Chor. Jetzt kommt eine von der Bucht hereingeflogen und ruft ihre aufgeregte Frage dem Schwarm am Kai entgegen: »Hörst du's.« »Hörst, hörst, hörst«, kreischen sie, als hätte man es nicht längst gehört. Ich greife mir an die Schläfen. »Hörst du's, hörst du's, hörst du's.« Sag, was ich hören soll. Meinen sie: zuhören? Jetzt können die Schreie nie wieder friedvoll unbegreiflich sein. Später, als ich ein wenig am Hafen auf und ab ging, sah ich die Möwen dicht zusammengedrängt in den Fensternischen der Hafengebäude, und ihre Kleckse – an einigen klebten Federn – troffen an der Fassade herunter; sie saßen dort wie unsere heimischen Tauben. Und an einigen Stellen hatte man die gleichen Vorkehrungen wie bei uns getroffen, um sie fernzuhalten, man hatte spitze Zäune vor den Fensteröffnungen errichtet, eine Reihe Metallpfähle in Vogelhöhe. Genauso, wie man auch die Obdachlosen fernhalten will, indem man laute klassische Musik spielt – wieso geht man ganz selbstverständlich davon aus, dass sie diese Klänge nicht mögen? Und wenn nicht, können sie die Klassik bestimmt auch mit Ohropax dämpfen und trotzdem schlafen. Sich von einem Ort zum anderen zu bewegen, ohne eine feste Bleibe zu haben – Gustava hatte einmal gesagt, sie träume davon, alles loszuwerden und ihr Hab und Gut in ein paar Tüten umherzutragen und ganz davon befreit zu sein, ein Zuhause zu besitzen, den ganzen Kram abzuwickeln. Erst wurde ich still, dann wütend, »das ist mir gegenüber gemein«, sagte ich, »und respektlos gegenüber allen, die dazu gezwungen sind, du romantischer Tölpel – ausgerechnet du, die sowieso schon immer friert.«

Da wollte sie sich nicht mehr abwickeln.

»Hörst du's, hörst du's, hörst du's.«

Nein, ich bin kein guter Zuhörer, das sagt auch Gustava. Ich habe es nie gelernt. Bei uns zu Hause hatte das keine Tradition, dort hörte man nicht zu; jedenfalls nicht mir.

Jetzt schließe ich das Fenster, denn selbst ich habe genug gehört. Und dann denke ich weiter, während ich darauf warte, weiterzureisen.

Je öfter ich *Der Tod in Venedig* las, desto komplizierter erschien mir der Text; ich fragte mich, ob man ihn überhaupt begreifen konnte, ohne Platons *Phaidros* und Nietzsches *Die Geburt der Tragödie* gelesen zu haben und in der griechischen Mythologie bewandert zu sein; denn sonst sind nur das Porträt von Venedig und die verhältnismäßig dünne Handlung zugänglich: älterer, erschöpfter Autor begegnet während eines Spaziergangs in seiner deutschen Heimatstadt einer zwielichtigen Gestalt, die zugleich ein Wanderer und der Tod ist; gewissermaßen von dieser Gestalt losgeschickt, reist Aschenbach nach Venedig, um sich zu erholen, verliebt sich in einen schönen Jungen, schminkt sich, um selbst jünger zu wirken – genau wie der falsche Jüngling, den er auf dem Schiff nach Venedig sieht und vor dem ihm graust –, erkrankt an Cholera und stirbt.

Jetzt liege ich da und denke an Themenwelten im Allgemeinen, zu denen beispielsweise *ich* aufgrund von Unwissenheit nie einen Zugang fand, und Themenwelten, die ihre Bedeutung verlieren, sich schließen, keine vitale Rolle mehr spielen, wie beispielsweise die griechische Mythologie, deren Figuren heute niemandem – oder jedenfalls kaum jemandem – zu einem tieferen Selbstverständnis verhelfen oder als Spiegel seiner selbst dienen; und ja, noch vor kurzem habe ich meine Schwester mit Apollo und mich selbst mit Dionysos verglichen, aber das war nur leeres Gerede. Aber für Mann, und für seine Leser vermutlich auch, waren die Verweise auf die Antike sinnvoll, noch immer lebendig. Aber ist die Antike in *Der Tod in Venedig* in erster

Linie notwendig, um die Homosexualität und Pädophilie verständlicher zu machen, dadurch, dass man sie in einen Referenzrahmen versetzt, in dem diese Liebe, ältere Männer und Jünglinge, eine Norm darstellte?

ERZÄHLER
Mann braucht die Antike auch für seine Diskussion über das Schöne. Und es leuchtet nicht ein, wenn du deinen Schönheitsdrang mit Aschenbachs Begegnung mit Eros vergleichst – und von Schmetterlingen und Seidenstoffen erzählst, die dein Bewusstsein drosseln. Was du erlebst, ist wohl eher eine Art ästhetische Bewegtheit.

MIKAEL
Führe mich durch die Erkenntnis, Sokrates, gerne freundlich und ohne den Versuch, mich währenddessen mit deinen viel zu großen Augen zu *durchschauen*. So wie die Tiere möchte auch ich gern, dass man nett mit mir spricht.

ERZÄHLER
Aschenbach ist Autor. Der schöne Körper des Jungen wird zu dem reinen Gedanken, dem Aschenbach mit Gefühl begegnet, und diese beiden Aspekte, die man zum Schreiben braucht, also Denken und Fühlen, verschmelzen miteinander, sobald er anfängt, beim Anblick des Jungen am Strand zu schreiben.

(Wie du und ich auf dieser Reise, auf der ich die Vernunft bin und du das aufgewühlte Gefühl.)

Das ist die Kurzfassung, und vielleicht sollten wir uns daran halten.

MIKAEL
Nein, nein, wie kann sein Körper zu einem Gedanken werden?

ERZÄHLER
»Welch eine Zucht, welche Präzision des Gedankens war ausgedrückt in diesem gestreckten und jugendlich vollkommenen Leibe! ... Standbild und Spiegel! Seine Augen umfassten die edle Gestalt dort am Rande des Blauen, und in aufschwärmendem Entzücken glaubte er mit diesem Blick das Schöne selbst zu begreifen, die Form als Gottesgedanken ...«

MIKAEL
Du erklärst nicht *wie*, du zitierst nur.

ERZÄHLER
Die Form als Gedanke Gottes! Das vierte Kapitel von *Der Tod in Venedig* ist genauso kompliziert wie das zweite. Lies es noch einmal, beim sechsten Mal wirst du es verstehen. Das erinnert mich daran, wie Gustava, als sie in einer Klinik angestellt war, einmal an einem Freitagmorgen einen Vortrag vor ihren Kollegen halten sollte, freitags frühstückten sie immer zusammen, und die Mediziner präsentierten sich gegenseitig ein fachliches Thema. Ausnahmsweise hatte Gustava es einmal in ihrem Leben nicht geschafft, sich vorzubereiten. Sie war noch müder als sonst. Also schleppte sie den riesigen Bücherstapel herbei, aus dem sie ihr Thema eigentlich hatte gewinnen wollen, stellte sich vor ihre Kollegen und legte die Bücher vor ihnen ab und sagte: »Ich finde, die solltet ihr einfach lesen«, und dann setzte sie sich. Man bemerkte ihre Erschöpfung und gab ihr ein paar Tage frei.

MIKAEL

Ich verstehe nicht, warum ein Schmetterling nicht als Gedanke dienen kann, und meine Augen, die ihn in sich aufsaugen, als Gefühl.

ERZÄHLER

Weil du den Schmetterling nicht begehrst. Du hast selbst über seinen Körper gesagt: zu viel Insekt.

    Und du sehnst dich nach einem anderen Menschen.

BRUNO

Aschenbach verwandelt sich, die Begegnung mit dem Jungen macht einen anderen aus ihm. Du würdest gern ein anderer werden. Jetzt weinst du wieder. Vielleicht solltest du aufstehen und eine Runde durch Tromsø spazieren; wer weiß, vielleicht läufst du jemandem in die Arme.

MIKAEL

Es ist so dunkel draußen. Und alle Wege – außer am Wasser entlang – führen bergauf.

*

G.
Hände. Mund. Augen. Stimme. Alles, worauf ich bei einem Mann als Erstes achte, war an ihm wundervoll.

ERZÄHLER
Sie saß schlafend am Flughafen in Tromsø, auf dem Weg nach Venedig, als der Flugkapitän sie fand und sich ihr gegenüber an den Tisch setzte und die Hand auf ihren Arm legte. Sie schlug die Augen auf.

G.
Seine Hände, sein Mund, seine Augen, seine Stimme zogen an mir.
»Triff dich mit mir«, sagte er.
Aber ich wagte es nicht, Ja zu sagen.
Als ich glaubte, ich würde sterben, hatte ich nichts zu verlieren. Ich wagte alles. Jetzt, wo ich leben wollte, waren meine alte Vorsicht und Vernunft, meine Hemmungen, wieder aufgeflammt. Ich sah, dass ich ihm niemals gewachsen wäre. Also schüttelte ich den Kopf. Im selben Moment kam der Aufruf zum Boarding. Er legte seine Visitenkarte vor mich und stand auf. Während er seine Hand auf den Tisch stützte, beugte er den Arm, lehnte sich zu mir vor und sagte, er könne nicht vergessen, was ich getan hatte. Er warf mir einen letzten langen Blick zu, dann ging er. Als ich jung war, hatte ich keine Angst. Damals

passierten entscheidende, lebensverändernde Dinge. Dann gab es plötzlich kein Zurück mehr für mich oder mein Gefühlsleben. Anschließend dauerte es manchmal lange, bis ich mich wieder losgerissen hatte.

»Warum musst du dich immer losreißen? Kaum bist du eine Beziehung eingegangen, denkst du schon wieder darüber nach, wie du dich daraus befreien kannst. Warum?«, fragte Mikael später einmal.

Ich weiß es nicht. Es ist ein Verlangen.

»Eigentlich hätte das mir passieren sollen«, sagte Mikael bei derselben Gelegenheit; nachdem der Krieg ausgebrochen war und wir zu Hause auf seinem Sofa saßen.

»Wirklich?«

»Ja, wirklich. Ich hänge nur so an dir, weil ich sonst niemanden habe.«

Da war ich geradezu verletzt.

ERZÄHLER

Wahrscheinlich hat G. deshalb diese lüsternen Fantasien, auf einem Flugzeugsitz angeschnallt zu sein. Sie kann sich nicht befreien, und es ist nicht ihre Verantwortung.

G.

Ich fliege nach Venedig, um zu leben. Wenn ich es denn kann. Blicke ich auf die vergangenen Jahre zurück, meldet sich nur eine einzige Erinnerung an vollkommene Entspannung und an Wohlbefinden; ein Zustand, wie ihn das Mädchen mit den Stiefeln damals für mich ausstrahlte. Das war nach einem Examen. Es war warm, und ich lag auf einer Klippe und trocknete im

Wind, nachdem ich ziemlich lange geschwommen war, meine Gedanken kreisten nicht wie sonst um irgendein Hindernis in der nahen Zukunft, ich war schwer und warm und sank in einen Schlummer.

ERZÄHLER
Was für eine Wendung, noch dazu eine glückliche. Erst wollte sie sterben. Jetzt will sie leben. Ich glaube, die Galone des Flugkapitäns war für sie der Anfang, diesen Weg einzuschlagen – den Weg des Lebens; die Hand bekam ein wenig Material. Ich kann verstehen, wenn jemand da draußen jetzt sagt: »Das weiß ich doch schon?« Ja, aber ich halte viele Fäden in der Hand, und am Ende der Fäden galoppieren die Themen drauflos; deshalb muss ich sowohl Geschirr als auch Gurte tragen, so wie in der griechischen Tragödie, ich bin ein Einmannchor; singend analysiere ich die Handlung und die Figuren. Ich möchte verhindern, dass jemand aussteigt. Im Idealfall sind wir bei der Ankunft noch genauso viele wie beim Aufbruch. Die Reisegesellschaft soll nicht schrumpfen.

Liste über Stadien auf dem Weg zur Wendung:

1. Die Galone: jäh erweckte Leidenschaft, Erlösung durch eigene Hand, ach wäre es doch nur meine gewesen
2. Die Erinnerung an die Stofftiere der Kindheit: nette Nachmittage mit dem Bruderherz vor fast fünfzig Jahren
3. Das Fieber, als die Seite mit der freundlichen Mutter auf der Münze nach oben gekehrt und die fordernde verborgen wurde

4. Der chemische Gestank des Bärenfells: Mama, Mama, Mama, Mama, Mama – langanhaltendes Weinen, erlösende Tränen, genauso, wie Gustavas Mutter es einmal sagte. Sie hat wirklich immer recht.

G.

Es passiert nicht mehr so häufig, vielleicht liegt es aber auch nur an dieser schwierigen Zeit, dass ich auf einen Mann treffe, den ich anziehend finde. Früher passierte es andauernd. Aber positiv betrachtet, kann ich sagen, dass mein Wohlwollen in Bezug auf Männer wie dich, Herr Neugierig, stark abgenommen hat; Männer wie du ärgern mich leichter, meine Geduld ist begrenzt, Männer wie du reizen mich schneller, ich habe eine kürzere Lunte gegenüber Männern wie dir; ich sehe, dass auch du ins Flugzeug gestiegen bist, Herr Grenzüberschreiter, ich spüre deinen Blick im Nacken.

Trotz Mund, Händen, Stimme und Augen des Flugkapitäns warf ich seine Visitenkarte weg, kaum dass er außer Sichtweite war. Ich erzählte mir selbst, ich wollte frei sein. Ich könnte mich nicht gleichzeitig darauf konzentrieren, zu leben und ihn zu lieben.

MIKAEL

Das Leben ist ein Behälter, den man mit etwas füllen muss!, sagte ich später zu Gustava; zu diesem Zeitpunkt saßen wir schon fast einen Monat auf meinem Sofa.

ERZÄHLER
Du hast seine Karte weggeworfen, weil ich dich dazu gebracht habe. Ich habe deine Hand geführt. Der Flugkapitän war für die Rolle des Tadzio auf deiner Reise gecastet. Aber wie gesagt, raus mit ihm: kein Tadzio, kein Tod. Nur ich, der dir in den Nacken atmet.

G.
Ich möchte frei sein.

ERZÄHLER
Frei, was zu tun, fragt man dann normalerweise ...

G.
Ich stand so lange unter der Fuchtel meiner Eltern, ich habe mich mehr nach ihnen gerichtet, als es angemessen gewesen wäre. Ich möchte frei sein, meine Arbeit, meinen Wohnsitz, den Landesteil zu wechseln – obwohl auch das die reinste Qual gewesen ist. Ich möchte alles selbst bestimmen, ohne andere um Rat zu fragen. Ich möchte im Bett liegen und den ganzen Tag lesen, ohne dass irgendjemand (Männliches) ungeduldig und unzufrieden in der Peripherie umhertigert.

Und außerdem möchte ich mich auch nicht mehr so viel um Mikael kümmern. Ich möchte keine Psychiaterin mehr sein. Ich könnte zu meinem ersten Fachgebiet, der Anästhesie, zurückkehren und meine Patienten schweigend zum Schweigen bringen, bewusstlos machen. Was meinen Todeswunsch angeht, so glaube, nein, weiß ich, dass mich der Rezeptionist mit seinem ruhigen Wesen bekehrt hat. Ich weinte so sehr, dass ich anschließend das Gefühl hatte, unter Wasser gewesen zu sein. Gerade bin ich dabei, meine Geldbörse aufzuräumen und alte Quittungen zu zerknüllen, und jetzt entdecke ich, dass ich auf einer Rückseite etwas niedergekritzelt hatte »Selbstmutter, Selbstmord«, so hatte alles angefangen, ich wollte keine Mutter sein, ich brach mit meiner Mutter (dann folgten die vielen Stellenwechsel und Umzüge), und die Dunkelheit schloss sich um mich.

Leider hat sich mein Husten im Gegensatz zu meiner seelischen Verfassung nicht verbessert, und wenn man unter der Maske hustet, wird einem schnell warm. Ich huste so sehr, dass mir schwarz vor Augen wird. Zum Glück habe ich einen Platz am Gang und kann die Beine ausstrecken und meinen Kopf dazwischen stecken. Die Stewardess hätte mir ruhig ein Glas Wasser anbieten können.

Erst jetzt, mitten in einem quälenden Hustenanfall, bei dem ich Blitze sehe, fallen mir meine Selbstmordbriefe wieder ein. Jetzt sind es nur noch vier Tage, bis die Vermieterin mein Zimmer betritt und sie findet und in den Briefkasten wirft. Ich muss vorher zurückkommen. Der Gedanke ist unerträglich. Vielleicht könnte ich sie anrufen und bitten, die Briefe wegzuwerfen. Aber meine Examenszeugnisse und meine Zulassungen dürfen nicht im Müll landen, jetzt, da ich irgendwann wieder arbeiten muss. Ich habe mir selbst ein Bein gestellt.

Mein Lebensdrang: Es fühlt sich an, als wäre eine Form um mich herum geborsten, und aus dieser Ruine zersplitterten Materials schaue ich hervor wie eine neue Figur. Vielleicht hatte ich nie vor, mir das Leben zu nehmen, vielleicht hatte der Geist meiner Mutter in meinem Bewusstsein recht. Macht das einen hysterischen und falschen Menschen aus mir, eine Theaterfigur? Ich stecke die Hand in meine Tasche und berühre das Tablettenglas, immerhin ein sehr reales Requisit. Die Szene war klar, in jener Nacht war über dem Hafen sogar das Polarlicht zu sehen gewesen, wie mir der Rezeptionist erzählt hat, die Kulisse stand, aber die Schauspielerin tauchte nie auf. Ich war so unglücklich, dass ich fast mein Leben verloren hätte. Und ich möchte die Tabletten in der ersten Apotheke abliefern, die ich sehe. Ich werde sie gegen Hustensaft eintauschen. Ich habe Schmerzen in der Brust, der Husten pflügt hindurch. Und als ich nach dem nächsten heftigen Anfall die Augen öffne, sehe ich rote und grüne Lichtströme, es sind keine geraden Linien, alles wogt. Alles vibriert in Rot und Grün. Es ist sonderbar und beunruhigend. Ich versuche, mich auf den Rand des Portemonnaies in meiner Tasche zu konzentrieren, aber da ist kein Rand mehr, alles strömt. Jetzt beugt sich die Stewardess über mich, auch sie wogend. Ich bitte um ein Glas Wasser, und sie reicht mir einen Gegenstand, von dem ich nicht verstehe, wie er eine Flüssigkeit umschließen kann. Aber trinken lässt sich daraus. Und das, was rot und grün wogt, ist Wasser und lässt sich schlucken.

Nach einer Viertelstunde sieht die Umgebung allmählich wieder normal aus; bekommt Ecken und Flächen; die Flugzeugkabine wird erneut so, wie solche Kabinen üblicherweise sind, grau und effektiv. Habe ich neben dem Husten vielleicht auch ein neurologisches Problem? Könnte das, was ich gerade erlebt habe, eine erste Attacke sein? Habe ich womöglich Multiple Sklerose? Ich wage es kaum, das Wort überhaupt zu denken, und jetzt sehe ich meinen Bruder vor mir, wie er mich in einem

Rollstuhl schiebt, an dem seine flaschengrüne Nabelschnur befestigt ist. Ich habe schon eine ganze Weile nicht mehr an ihn gedacht.

Es ist ein primitiver und unwissenschaftlicher Gedanke, dass der heftige Husten meine Wahrnehmung gestört haben könnte – aber so denke ich, wie ein Laie. Und ich versuche mich darüber zu amüsieren, dass ich meine eigene Aurora Borealis erschaffen habe, noch dazu in einem Innenraum. Ich bin noch einmal davor bewahrt worden, den Himmel zu betrachten. Ich beschränke mich darauf, ihn zu befliegen.

Wir landen.

In Venedig.

*

ERZÄHLER

Wie soll man Venedig angehen? Die vielleicht meistbeschriebene Stadt der Welt; derart erforscht und mit Bedeutung aufgeladen, dass Henry James einmal schrieb: »Keine andere Stadt der Welt kann man so leicht besichtigen, ohne sie je aufsuchen zu müssen.«

Und Valeria Luiselli, die – ca. hundert Jahre später – nach Venedig fuhr, um auf den Spuren ihrer Ikone Joseph Brodsky zu wandeln und darüber zu schreiben, tut dies beinahe zornig:

Nachdem ich die Reise beendet hatte und meine Notizen las, schwor ich, niemals irgendetwas über Venedig zu schreiben, ganz einfach deshalb, weil nichts so vulgär und sinnlos erscheint, wie zur Produktion auch nur einer einzigen Seite über diese Stadt aufzurufen, die womöglich der am häufigsten zitierte Ort der Welt ist. Über Venedig zu schreiben ist so, als würde man ein Glas Wasser ins Meer kippen.

Sidewalks

Völlig verkneifen kann es sich Luiselli dann aber doch nicht, sie schreibt über Brodskys Grab auf der Friedhofsinsel in der Lagune, und wie sie selbst Opfer des Klischees wird, sich in Venedig zu verirren. Genau wie Luiselli kann ich im Übrigen in Venedig nicht die Form eines Fisches erkennen, die es angeblich hat. Wenn das ein Fisch ist, dann einer ohne Flossen.

Aber jetzt sind wir hier! Und ich kann doch wohl ein oder zwei Gläser Wasser ins Meer kippen, ohne eine Überschwemmung anzurichten. Ich habe mir überlegt, dass ich meine Eindrücke von der Stadt so ordnen könnte, als würde ich Spielkarten umdrehen, Patiencen legen.

1910, einige Jahre bevor *Der Tod in Venedig* erschien, warfen die von Marinetti angeführten Futuristen unter dem Motto »killing the moonlight« 800 000 Flugblätter vom Glockenturm auf dem Markusplatz und riefen dazu auf, die Paläste in Trümmer zu verwandeln und die Kanäle damit aufzufüllen und stattdessen einen von elektrischem Licht beleuchteten Hafen zu bauen.

Jahrelang haben verschiedene Auffassungen über und Zugänge zu Venedig mehr oder weniger unbeeinflusst nebeneinander existiert, und so ist es immer noch; manche empfinden die Stadt als einen wunderschönen, zeitlos schwebenden Ort, Venedig als Königin und Jungfrau und Hure, der man seine Vorstellungen und Träume aufstempeln kann. In diese Ecke gehören *Der Tod in Venedig* und wahrscheinlich auch ein Großteil der heutigen gondelfahrenden Touristen und das Musikvideo zu »Like a Virgin«, in dem Madonna, ebenfalls in einer Gondel, in einer gemeinsamen Unberührtheit mit der Stadt verschmilzt, »touched for the very first time«. (Der Markuslöwe wurde in diesem Clip durch einen schäbigen Löwen ersetzt, der durch die Gegend trottet und zahm und ein bisschen betreten aussieht – und von einer Löwenmaske, die ab und zu das Gesicht des Bräutigams versteckt.)

Ganz anders die vielen Künstler auf den Biennalen, sie weisen auf die Gefahr von Überschwemmungen hin, die durch die Klimakrise verstärkt wird, und auf die Verunreinigung der Stadt: Den Industriehafen und tonnenweise Chemikalien, die man im Laufe der Zeit aus den Kanälen geholt hat.

G. ist jetzt mit dem Boot auf dem Markusplatz angekommen und betrachtet den Dogenpalast.

1: Casanovas Flucht aus der Bleikammer

Die Staatsinquisition hat mehrere Verstöße Casanovas gegen Gesetze des Staates und der Religion festgestellt – oder erfunden, wenn man ihm glauben will. Deshalb wird er in das Staatsgefängnis gebracht, die so genannte Bleikammer unter dem Dach des Dogenpalastes; das Dach des Palastes ist mit Bleiplatten bedeckt, daher der Name. In der ersten Nacht schläft er auf dem Boden und erwacht frierend in der pechschwarzen Finsternis; er streckt sich aus und spürt die eiskalte Hand eines anderen Menschen; er glaubt, man hätte eine Leiche neben ihm abgeworfen, während er schlief; bis ihm plötzlich bewusst wird, dass es seine eigene, eingeschlafene und taube Hand ist. In seinem Kerkerloch kann er nicht aufrecht stehen. Tagsüber herrscht eine glühende Hitze, es wimmelt von Flöhen. Nachts rumoren die Ratten über ihm auf dem Dachboden; und dort findet er später bei seinem täglichen Ausgang ein Eisenstück, einen alten Riegel, den er an einem Stück schwarzem Marmor, ebenfalls vom Dachboden, zu einem spitzen Werkzeug schleift. Er leidet unter einer schrecklichen Verstopfung, und als es ihm nach vierzehn Tagen endlich gelingt, sein Geschäft zu verrichten, führt das wiederum zu furchtbaren Hämorrhoiden. Casanova hat sein Bett in die Bleikammer bringen lassen und beginnt, mit seinem spitzen Werkzeug ein Loch in den Boden zu graben, unter dem Bett, sodass es darunter verborgen liegt. Er plant, sich mit einem zusammengebundenen Betttuch in den Saal darunter abzuseilen und durch den Palast zu fliehen. Aber ach, als das Loch fast so groß ist, dass er seinen breitschultrigen Körper hindurchzwängen könnte, erhält er ein Upgrade in eine bessere Bleikammer.

G.
Das weiß ich alles. Seine *Erinnerungen* waren das Letzte, was ich las, bevor ich meinen Nachlass ordnete und nach Tromsø fuhr, um allem ein Ende zu bereiten.

Meine Tränen bohrten ein Loch in meine Dunkelheit, so wie Casanova mit seinem angespitzten Eisenstück ein Loch in die Wand seiner Zelle schlug, um der zweiten Bleikammer zu entkommen. Aber glaubt bloß nicht, ich wäre so unsensibel oder prätentiös, meine Jahre in der Dachkammer mit Casanovas Zeit in der Bleikammer zu vergleichen; obwohl es gewisse Gemeinsamkeiten gibt, wir hatten beide einen Dachboden, auf den wir uns hinausbegeben konnten, und bekamen Essen und Getränke gebracht, er von seinem Gefängniswärter, ich von meiner Mutter; außerdem hatte er hin und wieder einen Zellenkameraden.

ERZÄHLER
Von deinen inneren Bleikammern ganz zu schweigen.

G.
Ich stehe da und betrachte den Dogenpalast, auf dessen steilem Rücken Casanova in der Nacht zum 31. Oktober 1756 ritt, nachdem er aus seiner zweiten Bleikammer entkommen war. Sein Fluchtplan war komplex und vielgliedrig, und ich erinnere mich nur noch daran, dass er anfangs, um an die Gefangenen in den umliegenden Kammern zu schreiben und sie in seine Flucht einzuweihen, die ihm nicht ohne ihre Hilfe gelingen konnte, den Nagel seines kleinen Fingers spitzte und ihn als Füller verwendete, mit Maulbeersaft als Tinte; ursprünglich hatte er den Nagel wachsen lassen, um ihn als Ohrlöffel zu verwenden. Casanova ist ein sehr physischer Mensch: Hämorrhoiden, Ohrenschmalz.

Inmitten meines Elends – Husten und Farbenwahn – hatte ich es geschafft, ein Zimmer mit Zugang zu einer großen Terrasse zu reservieren, von der aus man auf einen Kanal und über einen kleinen Platz blickt, einen Marktplatz mit einem Restaurant. Dorthin bin ich nun unterwegs, beschwert von Winterstiefeln und Polarmantel. Mein lärmender Reisegefährte, der Koffer, holpert hinter mir her. Ich brauche sowieso nichts daraus, außer meinen Kulturbeutel, den krame ich hervor. Und nachdem ich mich umgesehen habe, drapiere ich meinen Mantel über dem Koffer und lasse ihn an einem Brunnen zurück, von weitem gleicht der falsche Pelz an meiner Kapuze einem bärtigen Lächeln. Ich hoffe, der einsame Koffer bewegt niemanden dazu, ein Bombenentschärfungsteam zu alarmieren. Mein Telefon zeigt sechzehn entgangene Anrufe von Mikael an. Bruder, ich habe dich doch gebeten, mich in Ruhe zu lassen. Ich habe nicht vergessen, warum ich hier bin, ich gehe einen Schritt langsamer und schwinge versuchsweise die Hüften, aber es ist, als wäre irgendwo eine Sprungfeder eingerostet, und ich stolpere fast über meine eigenen Füße. Die schweren Schuhe eignen sich genauso wenig zum Schlendern wie zum Gang über das Eis.

Ich habe das Haus gefunden, in dem ich wohnen soll, fühle mich aber noch nicht bereit, es zu betreten, denn ich bin gerade auf die Idee gekommen, meinen verbesserten Gemütszustand daran zu messen, wie das Zimmer auf mich wirkt. Und diese Messung meiner Seelentemperatur möchte ich noch hinauszögern. Also setze ich mich in das Restaurant auf dem Platz, mit einem Kanal zwischen mir und dem Haus. Ich habe mir einen Negroni bestellt. Das werde ich jetzt jeden Nachmittag machen, solange ich in der Stadt bin. Ich erhebe das Glas auf die Lebenslust. Und bin sofort angeheitert. Wahrscheinlich sollte ich mich genau diesem Schlendern hingeben, einem Schlendern im geistigen Sinne. Und dann wird mir klar, dass ich schon mit dem Schlendern angefangen habe, als ich es meinen Fingern erlaubte, in die Ärmel des Flugkapitäns zu schlüpfen und seinen Arm entlangzuwandern. In dem Moment setzte meine Heilung ein. Es ist ein etwas zusammengeflicktes Haus, in dem ich wohnen werde, man hat Zement darauf verschmiert, um die rot-orangefarbenen Ziegelsteine zusammenzuhalten, die ein wenig heller sind als mein Negroni, an einigen Stellen kräuselt sich der Zement, sodass man zu ihnen hindurchsehen kann. Die Mauer, die das Haus umgibt und unten im Kanal verschwindet, befindet sich in einem Zustand radikalen Zerbröckelns, die äußere Ziegelschicht ist stellenweise verschwunden, sodass man zu der nächsten, helleren Schicht hindurchsieht, die sich wellt und ausbeult. Alle Fenster des Hauses sind weit geöffnet. Im Garten steht ein Pfirsichbaum, ich sichte drei Früchte. Und draußen auf den Fensterbänken drängen sich die Topfpflanzen, über die ganze Breite. Einen Feigenbaum gibt es auch. Ich kann die großen Blätter erkennen, aber keine Früchte. Mein Glas leert sich, und ich bin bereit, dieses freundliche, verfallene, von Obstbäumen und Blumen geschmückte Haus kennenzulernen, mit seiner großen Terrasse, auf der ich, glaube ich, leben werde. Nanu, da ist auch ein weißes Tor in der Mauer, unten in Wasserhöhe, sodass man mit dem Boot zum Haus fahren kann, oder jedenfalls dort anlegen und über diesen Zugang hineingelangen. Das hatte ich nicht gesehen. Jetzt muss ich eine Brücke finden. Ich wünschte, ich könnte meine Winterstiefel unter dem Tisch stehen lassen, aber es würde wohl eine Spur zu apart wirken, wenn ich barfuß und im Wollpulli dort auftauche.

Mütterliche Frauen versetzen mich üblicherweise in Kampfbereitschaft, ich sehe sie als Dominas, deren Mütterlichkeit meinen Geist in den Staub hinabpresst, aber dem Charme meiner Gastgeberin erliege ich trotzdem, als sie sagt: »Benvenuta, figliola.« Und die kleine Tochter, die es nicht gewohnt ist, einen Teil Gin, einen Teil Campari und einen Teil roten Wermut auf leeren Magen zu trinken, und auch nicht auf vollen, fühlt sich willkommen. Und hat auch schon seit einer ganzen Stunde nicht mehr gehustet. Es scheint unglaublich, aber mein Zimmer ist in Rot und Grün gehalten. Die Wände sind rot, und das Kopfteil des Bettes ist grün, tiefgrün und tiefrot mit nur einem Hauch Weiß und aufgemalten Goldschnörkeln. Heiliges Kanonenrohr. Ich weiß nicht, was ich sagen soll. Mein Farbenwahn aus dem Flugzeug, jetzt in fester Form. Ich glaube, ich muss die

Matratze auf die Terrasse schleifen und heute Nacht dort schlafen, unter freiem Himmel.

ERZÄHLER

2: Mikael verirrt sich – wie so viele andere vor ihm – im Labyrinth Venedig.

MIKAEL

»Will der zum Karneval?«, hörte ich jemanden hinter mir lachend auf Deutsch sagen, als ich nach dem Ausgang des Flughafens Marco Polo suchte; ich hatte meinen dicken Wintermantel im Flugzeug gelassen, bereit für die mildere Luft, weshalb ich mich jetzt in all meiner zitronengelben Pracht offenbarte, und als ich mich umdrehte, fragte mich der Deutsche: »Haben Sie Ihre Maske vergessen?«

Ich fasste mir an die Atemschutzmaske.

»Die richtige Maske«, sagte er zu mir, und ins Blaue hinein, während er an mir vorbeiging: »Was für ein Narr!«

Das ist nicht schlimmer als ein kleiner Kratzer, sagte ich mir, aber am liebsten hätte ich ihm hinterhergespuckt.

Ich gelange hinaus. Ich bin am Wasser. Ein seltsames Gefühl: einen Aufzug zu nehmen und am Wasser zu stehen. Es gibt eine Holzbrücke, an der Boote warten. Ich steige in ein weißes Wassertaxi. Ich war noch nie in Venedig.

Ich beauftrage den Seemann damit, mich zum Markusplatz zu fahren, damit sich meinen begehrlichen Augen derselbe Anblick bietet wie Aschenbach bei seiner Ankunft – die Seufzerbrücke, der Markuslöwe und der heilige Theodor auf den hohen Säulen, der Dogenpalast und die Markuskirche. All das sehe ich. Es erscheint mir so vertraut, als würde ich in einen früheren Traum hineingeschickt. (In meinem Wiedergänger-Traum steht mein Haus unter Wasser, es reicht mir bis zu den Knien, in den Wänden sind Schubladen, und als ich sie aufziehe, läuft Wasser heraus.)

Kaum bin ich, glücklich gepäcklos, wohlbehalten am Markusplatz angekommen ... ein wenig seekrank nach der Bootsfahrt, ein wenig benommen, der Seemann hatte Gas gegeben, der Steven schlug hart auf dem Wasser auf, das zurückschlug, als wäre es Zement, es war mehr ein Hüpfen denn ein Gleiten, wir hüpften auf die Stadt zu, die sich aus dem Wasser erhob, der wohlbekannte Anblick empfing uns in Sprüngen und Stößen ...

ERZÄHLER

Mach mal halblang und sieh dich um. Wenigstens den 98,6 Meter hoch aufragenden rotbraunen Glockenturm solltest du genießen. Er ist so schön bescheiden, so streng und nüchtern inmitten all des Ausgeschmückten, beinahe Überladenen, und Schönen. Man möchte es nicht glauben, aber er ist von 1912, denn der alte Turm fiel eines Sommermorgens im Jahre 1902 in sich zusammen; es gibt ein gefälschtes Foto des Einsturzes. Du könntest bis zur Spitze steigen und von dort oben nach Gustava ausspähen.

MIKAEL

... und genossen soeben in aller Hast den Glockenturm, Il Campanile, im Volksmund »der Hausherr« genannt. Wie gesagt wohlbehalten auf dem Markusplatz angekommen: durch den Haupteingang von Venedig, wie Aschenbach sagen würde.

Zu Fuß begebe ich mich zu meinem Hotel am Ende des Canal Grande, in der Nähe des Bahnhofs. Kaum bin ich am Markusplatz angekommen und darüber hinweggeeilt, so gut ich angesichts dieser Menschen- und Taubenmassen eilen kann ... ehe ich auf den Mercerie, den teuren Einkaufsstraßen, denen ich mich nun zugewandt habe, ein tierisches Kleeblatt erblicke: eine junge Frau, die zwei Dobermänner an der Leine führt, oder besser gesagt an Metallketten, die reinsten Raubtiere, Muskelpakete mit glattem schwarzem Fell; eine Hündin und ein Rüde mit hypnotisch baumelnden Hodenkugeln. Ihre Halsbänder sind mit glitzernden Steinen besetzt. Die Frau trägt ein weißes Kleid, man kann hindurchschauen zum aufsehenerregenden Leopardenhöschen. Ein paar Schritte vor ihr geht ein Mann, etwas o-beinig, das Handy ans Ohr geklemmt, glatzköpfig. Sie gehen langsam, eine Prozession. Und ich dahinter. Dann hält die Frau vor einer Kirche mit weit geöffneter Pforte an und bringt den Mann mit ein paar russischen Worten zum Stehen; sie geht in die Kirche, er folgt ihr, und ich tue es ihm gleich. Ich kann mich nicht erinnern, schon einmal mit Hunden in einer Kirche gewesen zu sein. Sie zündet eine Kerze an, und der Mann kommt zu ihr und stellt sich hinter sie. Während sie die brennende Kerze abstellt, gibt er ihr einen ordentlichen Klatscher auf den Hintern und stolziert dann aus der Kirche, während er sich im Schritt kratzt oder vielleicht auch tätschelnd sein Geschlecht besänftigt. Ich sehe, wie sie sich auf dem Weg aus der Kirche ein Grinsen verkneifen muss. Aha, denke ich, ob sie wohl als Nächstes einen Priester schänden und schlachten, wie in *Die Geschichte des Auges*? Es verwirrt mich ein wenig, dass die Frau die Hunde führt. Warum tänzelt sie nicht voran und zeigt ihr Leopardenhöschen, den Mann und die Hunde als geifernde Meute hinter sich herziehend? Oder ist es, aus der sexuellen Logik des Paares betrachtet, logischer, dass er anführt? Das können nur sie allein wissen, aber ich wünsche ihnen einen wilden Fick, wenn sie nach Hause kommen, nachdem sie mich – welches Wort ist hier passend? – unterhalten, mich mit ihrer bloßen Anwesenheit erfreut und mich von meiner Sorge um Gustava abgelenkt haben. Allerdings hege ich den frommen Wunsch, dass sie die Hunde nicht mit ins Bett nehmen, sondern sie in einem angrenzenden Zimmer ihrem eigenen Vergnügen überlassen. Bei geschlossener Tür. Nach der Dunkelheit in der Kirche ist das Licht draußen sehr grell, es spießt mich fast auf. Ich sollte mir eine Sonnenbrille zulegen. In den sonnenbeschienenen Kanälen ist das Wasser türkisfarben, aber trüb. Im Schatten ist es beinahe schwarz. Die Bootsfahrt vom Flughafen, volle Fahrt voraus, der Stadt entgegen, hat meinen erschlafften Geist belebt. Danke, Schwester, dass du mich hergeführt hast. Jetzt muss ich nur wieder mit dir vereint werden.

Glücklich gepäcklos, habe ich an früherer Stelle gesagt, aber jetzt fühle ich mich wie ein schmuddeliger gelber Berg, ich muss mir ein paar Klamotten besorgen. Soeben komme ich bei Prada vorbei, im Schaufenster ein grünes Paillettenkleid auf dem Weg in einen Club. Und Louis Vuitton. Und Chanel. Und Gucci. Keine Bettler im Schatten dieser Marken. Und jetzt ein vornehmes Maskengeschäft, neben dessen Tür der Tod in seinem schwarzen Cape und mit seinem krummen weißen Schnabel Wache hält. (Später erfahre ich, dass es das Kostüm des Pestdoktors ist.) Ich könnte von Kimono auf Cape umsteigen. Und jetzt eine Boutique mit Muranoglas, ein Kristallleuchter aus hinkelsteinähnlichen Formen in allen Farben. Uh, wenn der in meinem Wohnzimmer klirren würde, dann hätte ich die Heiterkeit immer im Haus. Im Schaufenster steigen große orangefarbene Glaspferde. Jetzt betrachte ich dich als Glasbläser, ja, du mit den großen Augen, mein Interpret, wo steckst du eigentlich? Hast du dich verirrt? Konnte ich dich abschütteln? Ein Glasbläser in dem Moment, wenn er die bienenkorbförmige rotglühende Masse mit seiner Zange ergreift und anfängt, eine Figur daraus hervorzuzwingen, mal ein Pferd, mal ich, und mit einer kleineren Zange die überschüssige Glasmasse abschneidet und sie in die Tonne fallen lässt, aus der er die Masse noch vor einem Moment hervorzog. Das Pferd steigt. Es will nicht in einer Form erstarren, aus der es nie wieder herauskommt, Herr Glasbläser.

Eine Stunde später stehe ich wieder vor Prada, wie auch immer es kam, dass ich im Kreis gegangen bin. Ich beschließe, es als Zeichen zu werten, und betrete das Geschäft und kaufe das Kleid für meine Schwester; ich brauche wohl kaum zu erzählen, wie man mich dort ansieht und wie man mir mit Champagner durch den ganzen Laden nachläuft, denn ein Fortuny ist und bleibt ein Fortuny, selbst wenn er noch so schmutzig ist, weiß man, dass ich liquide bin, und als ich meine goldene Karte zücke, schenkt man mir noch ein Glas ein; mit einem solchen Kleid für 9000 Euro in Aussicht, *muss* Gustava einfach auftauchen. Es wird sie in ein kleines grünes Luxusgeschöpf verwandeln. Es wird sie zurück in ihren Stall führen. Das war ein Anfang. Jetzt brauche ich auch noch ein bisschen was für mich. Das Einzige, was mir passt, ist ein lila Nylonregenmantel für 7000, wieder haben sich alle jungen Verkäuferinnen um mich versammelt und geben begeisterte kleine Laute von sich. »Okay,

Mädels«, sage ich, »sieht es nicht sehr nach Regen aus? Ich behalte ihn an.«

Das erweist sich schon bald als schlechte Idee, denn durch die beiden Schichten, innen Kimono, außen Regenmantel, kann meine Haut nicht atmen, ich schwitze, meine Oberschenkel stoßen und kleben zusammen, sodass ich nur langsam vorwärts komme. Ich suche schon lange nach einer Bank. Wahrscheinlich haben sich die Restaurants und Cafés dieser Stadt verschworen und sämtliche Bänke entfernen lassen, sodass man, um die Beine auszuruhen, etwas konsumieren muss; das weckt meinen Trotz, ich weigere mich, an einem ihrer Tische Platz zu nehmen und mir einen Kaffee zu bestellen. Oder ein Wasser. Nicht mal ein Mittagessen.

Diese Bank haben sie übersehen! Endlich kann ich mich in eine sitzende Haltung sinken lassen. Ich sitze auf einem Platz, der auf den großen Kanal hinausgeht. Ich reiße mir den Regenmantel vom Leib und hänge ihn über die Banklehne. Die Tüte mit dem Kleid umklammere ich, näher komme ich meiner Schwester nicht. Ich kann mich nicht daran sattsehen, wie die Häuser im Wasser verschwinden; wie die Wellen an den Fassaden hochschlagen, wenn ein Schiff vorbeikommt. Es ist betörend, ein Bauwerk nicht in Gänze sehen zu können. Und im Schlepptau der Betörung kommen die Überlegungen, wie ein Gebäude so konstruiert sein kann, dass es, im Wasser versunken, überdauert, und wie das Innenraumklima im Erdgeschoss ist: feucht, vermute ich, und im Winter kalt und klamm. Nichts für meine Schwester, die sich immer schnell einen Husten einfängt. Als ich später in einer schmalen Passage stehe, entdecke ich, dass das Mauerwerk bis in mehrere Meter Höhe weiß schimmert oder vielmehr mit einer weißen Schicht überzogen ist, ich streiche mit der Hand darüber, es rieselt herab: Na so was, das ist ja Salz! Die Mauern sind salzig. Ob das Wasser in dieser Passage so hoch gestanden hat? Oder der Wind das Salz herangeweht? Ich habe so stark geschwitzt, dass ich Salz brauche, und ich lege die Zunge an die Mauer und lecke; so wie meine Großmutter während ihrer Schwangerschaft aus reinem Kalkbedürfnis die gekalkten Fassaden ableckte.

Meine Hände fühlen sich nicht so voll an, wie sie sollten. Die vornehme Tüte mit dem in Seidenpapier eingepackten grünen Kleid ist noch da. Den Regenmantel vermisse ich, ich habe ihn auf der Bank vergessen. Soll ich jetzt sagen: wie gewonnen, so zerronnen? Oder versuchen, die Bank wiederzufinden? Ich google »die einzige Bank in Venedig«, doch das Ergebnis ist nur ein Dickicht aus unbrauchbaren Hinweisen.

Mir fehlt jemand, der mich zum Zentrum des Labyrinths führen kann, das bisher der Aufenthaltsort meiner Schwester war, jetzt gerade aber eine regenmantelbehängte Bank ist. Jetzt denke ich so intensiv an meinen Lieblingstext von Borges, *Das Haus des Asterion*, dass mir ganz schwindelig wird, und ich muss mich einfach setzen, lehne mit dem Rücken an der salzigen Mauer, sodass ich den Durchgang mit meinen Beinen versperre, aber außer mir ist sowieso niemand da. Asterion ist identisch mit Minotaurus, dem Wesen mit dem Stierkopf und dem Menschenkörper. Der Text ist nur drei Seiten lang, und man wird in Asterions Gedanken eingelassen, in sein Haus, das Labyrinth in Knossos auf Kreta. Alle neun Jahre werden neun junge Männer in das Labyrinth geschickt und ihm geopfert; er macht kurzen Prozess mit ihnen; einer hat vor seinem Tod vorausgesagt, dass sein Erlöser (und das wird Theseus sein) eines Tages kommen wird – und ab da ist seine Einsamkeit nicht mehr fürchterlich. Er vertreibt sich die Wartezeit mit Spielen: sich von Dachterrassen fallen lassen, so tun, als würde er schlafen oder einer erfundenen Spiegelung seiner selbst, dem anderen Asterion, sein Haus zeigen, sie lachen herzlich zusammen, als er einen Punkt im Labyrinth mit einem anderen verwechselt. Hin und wieder geht er in die Stadt hinaus, denn sein Haus steht weit offen, doch die Leute weichen bei seinem Anblick panisch zurück. In den allerletzten Zeilen wechselt die Perspektive zu Theseus:

Die Morgensonne funkelte vom bronzenen Schwert. Längst war keine Spur von Blut mehr daran.
»Kannst du das glauben, Ariadne?«, sagte Theseus. »Der Minotaurus hat sich kaum gewehrt.«

Immer wenn ich das lese, läuft mir ein kalter Schauer über den Rücken, und ich bekomme am ganzen Körper Gänsehaut.

Inzwischen bin ich wieder auf die Beine gekommen und wanke, vom Salz gestärkt, zu meinem Hotel. Die Navigation meines Handys versagt in dieser Stadt, ich verlaufe mich ständig. Man sollte glauben, es wäre nicht schwer, einfach nur dem Canal Grande zu folgen, aber es gibt immer wieder Stellen am Kanal, die von Häusern versperrt sind; dann muss ich erneut ins Dunkel der schmalen Durchgänge hinein und irre vom Kanal weg, oder ich stoße an einem Ort wieder darauf, wo ich schon gewesen bin; dann muss ich einsehen, dass ich nicht vorangekommen bin, sondern zurückgegangen. Irgendwann kann ich nicht mehr darüber lachen. Es ist Abend, als ich, ohne es beabsichtigt zu haben, wieder auf dem Platz mit der Bank stehe. Der Mantel hängt immer noch über der Lehne; vielleicht hat den ganzen langen Nachmittag über niemand überlegt, ihn sich anzueignen, denn wie er dort hängt und schlottert, sieht er aus wie etwas, das man für einen Euro kaufen kann, wenn man unterwegs vom Regen überrascht wird, ein Einwegregenmantel. Mir macht er neuen Mut, und als eine Gondel vorbeifährt, rufe ich den Gondoliere und bitte ihn, mich zum Hotel Abbazia zu bringen, so nah heran, wie es geht. Wir kommen an mehreren Wasserställen vorbei, wo die Gondeln über Nacht in Boxen untergebracht wurden, zwischen gestreiften Pfählen, und schon indem wir nur vorbeifahren, sorgen wir für Unruhe, und die schwarzen Pferde erheben sich und wollen mit; wenn ein Motorboot vorbeikommt, steigen sie und schlagen in der Bugwelle aus. Meine Gondel ist innen mit rotem Samt ausgekleidet. Ich knöpfe den Regenmantel am Hals zu, und er verwandelt sich sofort in ein Dogengewand.

Aschenbach: »Eine Gondel gleicht einer Mischung aus Geige und Sarg.« »Nein, Aschenbach! – sie gleicht einem Pferd.« Oder: »Ja, Aschenbach! – aber sie gleicht auch einem Pferd.«

Lieber Aschenbach, ich verstehe kaum, dass es dich nicht in echt gegeben hat. Und später, an einem anderen Tag, am Lido, nachdem ich meine Schuhe und Strümpfe ausgezogen habe und ins Wasser hinausgewatet bin, denke ich, hier ist auch Tadzio ins Meer gegangen. Und muss mich selbst daran erinnern, dass auch Tadzio nie gelebt hat.

(Aber Thomas Mann sah während seines Aufenthalts im Grand Hôtel des Bains am Lido einen hübschen polnischen

Jungen. Jetzt sehe ich jemanden vor mir, der eine Figur aus flüssigem Wachs formt, beeil dich, TM, es wird so schnell fest.)

Das Wasser im Canal Grande riecht. Es riecht beinahe modrig. Ich weiß nicht, warum es mir Unbehagen bereitet, dass die Gebäude im Wasser verschwinden, dass ich sie nicht in Gänze sehen kann, dass ein Leben unter Wasser existiert, wo die Pfähle faulen und das Mauerwerk zerfällt.

Ich kann es nicht lassen, mir vorzustellen, ich wäre Gustav von Aschenbach mit einer Prise meiner selbst versetzt:

Jetzt fahren wir unter der Rialtobrücke entlang. Aber das ist doch der falsche Weg?

»Ich möchte zum Hotel Abbazia, in der Nähe des Bahnhofs. Das habe ich ausdrücklich gesagt!«, rufe ich.

»Worüber beklagen Sie sich?«, fragt der Gondoliere, er hat provokante Hasenzähne, »ich fahre Sie gut. Und Ihrem Mantel nach zu urteilen, können Sie sich ein viel besseres Hotel leisten als das Abbazia. Ich fahre dich zum Hotel Excelsior auf dem Lido. Ich weiß, dass es freie Zimmer gibt.«

Ich resigniere. Man schmiedet ein Komplott gegen mich. Der Gondoliere macht gemeinsame Sache mit der Direktion des Hotels Excelsior, und gegen eine solche Übermacht kann ich nichts ausrichten.

Nein, nein. Ich bin lediglich Mikael mit der Schmetterlingspsyche, und der Gondoliere hat mich zum Ponte degli Scalzi gefahren, so nah ans Hotel Abbazia, wie er konnte. Ich zahle, und er zeigt mir den Weg: Ich muss einfach nur in diese schmale Gasse einbiegen, dann komme ich zum Hotel. Ich werde von einer lange vergessenen Erinnerung eingeholt: Als meine Schwester und ich Teenager waren, taten wir eine Weile lang so, als kämen wir aus England. Wir gingen ins Hotel der Stadt und setzten uns ins Foyer und redeten Englisch, während wir versuchten, mit jemandem ins Gespräch zu kommen. Eine ganze Weile gelang es uns mit zwei Männern, vielleicht Handelsreisende. Es lief so lange gut, bis wir von unserem Skiurlaub erzählten und ich versehentlich skying statt skiing sagte. Wie sehr wünschte ich mir jetzt, es wäre das Hotel in meinem Heimatort, diesem Provinzloch, durch dessen Tür ich jetzt träte, wie damals kichernd und am Arm meiner Schwester hängend.

ERZÄHLER
3: Idyll auf einer venezianischen Terrasse, vom Kanal her Geräusche vorbeifahrender Gondeln, von den Restaurantgästen gegenüber von Gustavas Haus ein babelsches Sprachgewirr, Sätze, denen von anderen, lauteren Sätzen in gewichtigeren Sprachen der Kopf oder Schwanz abgehackt wird; auch die Russen und ihre Hunde essen heute Abend dort. Ich verstehe nicht, warum die Russin zu ihrem kurzen, durchsichtigen Kleid orangefarbene Turnschuhe trägt, es ist noch zu früh im Leben, um die Bequemlichkeit der Seligkeit (meiner) vorzuziehen, rein in die High Heels, darling-sexy-beast.

G.
Mein Todeswunsch ist nicht mehr ganz so stark, aber vom Idyll bin ich noch weit entfernt. Ich sitze in der Abendsonne auf der Terrasse und denke: Vieles ist gestorben, ohne dass ich wusste, dass es gelebt hat. Mein Gehirn versucht sich an diesem Trost,

stellt ihn all dem gegenüber, von dem ich weiß, es wird mit dem Temperaturanstieg verschwinden, wir haben Februar und Temperaturen wie im Juni. Aber es tröstet mich nicht. Das Projekt, in meiner Streichholzschachtel-Psyche einen Zustand der Erträglichkeit zu erreichen, widert mich an. So viel Kraft dafür aufzuwenden, alles auszuhalten, was um mich herum geschieht.

Ich stelle mir vor, wie eine kleine Gestalt auf einem Lineal entlanggeht, das die Zeit darstellt. Das Lineal hängt über einem Abgrund und ist zu einer Wippe geworden, die immer bedrohlicher unter der Gehenden kippt.

Ich weiß nicht, aus welchem Zusammenhang folgende Filmaufnahme stammt, aber ich habe sie nie vergessen: ein verlassenes Militärfahrzeug hält auf einem Kiesweg an einem Waldrand in einem Kriegsgebiet; ein Luchs (glaube ich) kommt aus dem Wald, springt auf das Dach und legt sich dort hin. Die Sprengung des Fahrzeugs war schon die ganze Zeit geplant gewesen. Eine Explosion wird ausgelöst. Das Gefährt geht in Flammen auf. Und kurz darauf ist nur noch eine ausgebrannte Hülle übrig. Eine Stimme verkündet, die Sprengung sei erfolgreich gewesen. Niemand erwähnt den Luchs. Er hätte genauso gut nie aus dem Wald gekommen sein können, um sich so, wie es nur Katzen gelingt, mit den Hinterbeinen abzustoßen, durch die Luft zu schweben und auf dem Dach zu landen.

Ich sitze hier und weiß nicht, warum ich mich entschieden habe, am Leben zu bleiben. Mein Leben als Streichholzmännchen. Mein kleines Leben. Ich hatte hemmungslos in den Bauch eines toten Tieres gegreint, und dann war alles wieder gut? Rekonvaleszent in einer sterbenden Welt.

ERZÄHLER

Mit der Welt ist es so wie mit dem eigenen Haus und Nachlass; irgendwann hat man ein Alter erreicht, in dem man allmählich, seinen Exit erahnt und überlegt, wer einen beerben soll, wer soll diese Teekanne und dieses Silberbesteck und diesen Bücherstapel bekommen, wer wird nach mir in meinem Zuhause umhergehen? Der Gedanke, dass man nichts weiterzugeben hat, ist nicht schön. Oder dass alles, was man hinterlässt, bestenfalls angestoßen, fleckig, ramponiert ist, nur zum Ausmisten gut.

Ich bin auch kinderlos, aber ich habe einen hochgewachsenen jungen Mann, der mir manchmal zur Hand geht und zum Beispiel Bücher von den oberen Regalfächern für mich herunterholt. Früher nannte ich ihn Helfer, jetzt nenne ich ihn Erbe. Hin und wieder stecke ich ihm ein Bröckchen vom Erbe zu, damit er nicht versucht ist, mir aus reiner Ungeduld ein Messer zwischen die Rippen zu rammen.

G.

Eines Tages werden wir, jemand, die künftige Menschheit, in der niedergebrannten, überschwemmten Welt sitzen, Beschreibungen von Küstenstreifen lesen, Fotos von Wäldern betrachten. Vor dem Fenster ist nichts mehr. Nur der Himmel wird scheinbar unverändert sein, die Sonne kommt und geht wie eh und je.

Vor dieser Kulisse läuft das Streichholzmännchen umher und führt Streichholzhandlungen aus, gleichgültig und sinnlos, während das Leben verschwindet. Die Wellen schlagen immer heftiger gegen das Haus. Vogelgesang hört man nicht mehr. Die Städte sind ausgebombte Ruinen. Die Flüchtlingsströme füllen die Straßen, eine kilometerlange Militärkolonne kommt ihnen entgegen, es gibt Körper niederzuwalzen.

Ich stehe auf, um in mein Zimmer zu gehen und die Matratze für die Nacht hinauszuschleifen. Ich habe genug Zeit in Innenräumen verbracht.

ERZÄHLER

Liebe G., versuch doch, all das Schöne wahrzunehmen, was dich umgibt. Scheint heute Abend etwa nicht der Mond? Und schau: Jetzt werfe ich den Sack mit deiner Dunkelheit in den Kanal, und der Gondoliere dort drüben denkt: Wo kommt der plötzliche Wellenschlag her?

MIKAEL

Als ich mich ausziehe, um ins Bett zu gehen, das übrigens fast das ganze Hotelzimmer ausfüllt, man kann hier nichts anderes tun als schlafen, rieselt etwas Weißes von meinem Rücken herab, und ich denke für einen Moment, es wären Schuppen, aber nein, Mikael! Es ist das Salz von der Mauer.

Ich erwache im Laufe des Vormittags – und es fasziniert mich immer wieder, wie die Ereignisse des Vortags auf mich einprasseln, wenn ich eine Zeitlang wach gewesen bin; als würden sie während des Schlafs in einer Wolke lagern und kämen nach und nach zu mir zurück, sobald mein Kopf wieder eingeschaltet ist. Da mein Leben schlicht und vorhersebar ist, werde ich normalerweise nicht mit besonderen, einzigartigen, unerhörten Erlebnissen oder Erkenntnissen vom Vortag wiedervereint; an diesem Morgen aber schon – Gustava, meine Flugreise, meine Irrgänge durch das Labyrinth und andere, abstraktere Irrungen, aber an die möchte ich jetzt nicht denken; und als mein Blick auf den lila Regenmantel fällt: die Verkäuferinnen in der Boutique, der Verlust des Regenmantels und wie er über der Banklehne hing und geradezu auf mich wartete, mein teurer Freund, der Regenmantel.

Ich habe Hunger. Und bin es leid, schon wieder denselben schmutzigen Kimono anzuziehen. Mein Hotel ist ein ehemaliges Kloster. Ein Schild im Speisesaal erklärt, dass es dem Karmeliterorden gehörte, dessen Askese es den Mönchen gebot, barfuß zu gehen, nicht zu sprechen und kein Fleisch zu essen. Jetzt klappern Sandalen und Schuhe über den Steinboden, der Bacon duftet und die Stimmen summen.

Aufgrund der Pandemie dauert es lange, bis man seinen Teller gefüllt hat, es gibt eine Schlange für die warmen Speisen und eine für die kalten, am Ende von jeder steht ein Angestellter mit Einweghandschuhen, der einem auftut und zu einer leicht klinischen Vorstellung von der künftigen Mahlzeit beiträgt. Mir haben diese bauchigen Stahlbehältnisse, in denen die Speisen auf dem Büfett warm gehalten werden, noch nie behagt; immer wenn der Kellner mit seiner behandschuhten Hand den Deckel hebt, rechne ich damit, dass anstelle von Würstchen und Rührei ein abgehackter Kopf zum Vorschein kommt. Während ich dort stehe und mit den Füßen scharre, fragt mich ein Kellner, wann ich abreise. Und wird das künftig jedes Mal tun, wenn er mich sieht. Er hat etwas in die Jahre Gekommenes an sich, wenn ich ihm auf die Schulter klopfte, würde eine Staubwolke von seiner Livree aufwirbeln, ich sehe ihn vor mir, wie er, in einem Kleiderschrank stehend, in seiner Montur schläft. Ich nehme mein gefülltes Tablett mit hinaus in den Garten und setze mich an einen Tisch. Das Gras ist ein wenig zu grün, um echt zu sein – man hat einfach einen Kunstrasen ausgerollt. Die Palme ist in Ordnung. Ganz am Ende des Gartens stehen hinter einem Schuppen versteckt ein paar mittelgroße Maschinen, deren Funktion sich mir nicht erschließt, obwohl ich sie mehrfach umrunde, ich stelle mir vor, es wären Theatermaschinen, die in mögliche Szenenwechsel involviert sein könnten, plötzliche Veränderungen der Umgebung. Ich ziehe die »Aschenbach-Liste« aus der Tasche:

Riva degli Schiavoni
Seufzerbrücke
Die Säulen mit dem Löwen und dem Heiligen
Markusplatz
Markuskirche
Märchentempel
Mercerie
Canal Grande
Rialtobrücke
Lido
Grand Hôtel des Bains
Hotel Excelsior und sein privater Kanal
Bahnhof Santa Lucia

Sollte Gustava wirklich auf Aschenbachs Spuren wandeln, könnte sie zu jeder denkbaren Tages- oder Nachtzeit an einem dieser Orte sein, während ich an einem anderen nach ihr suche. Die Stadt ist mit Touristen ausgepolstert. Wir könnten uns sogar zur selben Zeit am selben Ort aufhalten, ohne einander zu sehen. Warum ich sie nicht einfach anrufe? Ich habe es schon unzählige Male versucht, sie geht nicht ans Telefon. Oder sie lebt nicht mehr. Ein Gefühl von Hoffnungs- und Sinnlosigkeit überkommt mich. Ich zerknülle den Zettel und lasse ihn in meine leere Kaffeetasse fallen. Die Liste habe ich mir ohnehin eingeprägt. Ich werde sie ignorieren, wenn es meine Hirnwindungen zulassen. Ich werde mich auf meine Intuition verlassen. Ich werde hoffen, dass mir der Zufall beisteht, dass ich ihr einfach begegne. Dass wir uns in die Arme laufen. Ich habe die Nase voll von meiner exzentrischen Erscheinung und den ganzen Blicken der Leute mit den kastrierten Augen, wie Bataille sagte; kann sich meine Schwester wirklich gewünscht haben, dass ich so draußen in der Welt herumlaufe? Ich möchte anonymisiert werden, ich brauche Shorts, Sandalen und ein Polohemd, und zwar jetzt, hoch mit dir, du Bestie, und hinaus ins Labyrinth. Ich bin erst wenige Schritte weit gekommen, als der Kellner mir die Hand auf die Schulter legt und mir den zerknüllten Zettel reicht, den er ordentlich geglättet hat, er denkt, ich hätte die »Aschenbach-Liste« vergessen, und erwartet eine Münze. Die bekommt er nicht, aber ich reiße ihm den Zettel aus der Hand, als wäre es ein Lottoschein.

»Vielleicht bis später«, sage ich.

»Ja«, sagt er. »Ich bin immer hier.«

Als ich das Ende des schmalen Ganges erreiche, an dem sich mein Hotel befindet, und auf den Platz trete, an dessen einem Ende der Ponte degli Scalzi liegt, werde ich völlig von dem Licht übermannt. Es blendet mich so, dass ich mir die Hand vor die Augen halten und es in kleinen Dosen hereinlassen muss.

ERZÄHLER

3: Antonio Canova, 1757 in Venedig geboren und 1822 dort gestorben, Bildhauer, Barock & Neoklassizismus.

MIKAEL

Meine Intuition führte mich in das Museo Correr, denn ich kann es besser ertragen, im Museum zu sein als draußen, in den Menschenmassen in dieser schwer begreiflichen Stadt.

Jetzt stehe ich vor einer Statue von Canova, die Ikarus und seinen Vater Daidalos zeigt. Sie sind im Begriff, von Kreta zu fliehen, fliegend. Daidalos ist gerade dabei, mit Schnüren die Wachsflügel am Rücken seines Sohnes zu befestigen. Es war Daidalos, der im Auftrag von König Minos das Labyrinth in Knossos konstruierte und der Ariadne riet, Theseus einen Faden ins Labyrinth mitzugeben und ihm einzuschärfen, das eine Ende am Eingang zu befestigen, damit er nach dem Mord an Minotaurus wieder hinausfände. Minos ist erzürnt, weil das Geheimnis des Labyrinths enthüllt wird; deshalb muss der Baumeister fliehen. Ikarus hat etwas Scheues, Beschämtes an sich, er blickt über seine Schulter und auf den einen Flügel hinab. Der Vater betrachtet ihn aufmerksam und beschützend. So hat mich mein Vater nie angesehen. Daidalos hat seinem Sohn gerade gesagt, er solle sich nicht vom Fliegen verführen lassen, von der Euphorie, die diese Flügel und die dünne Luft auslösen werden, damit er in seinem Rausch nicht zu nah an die Sonne gerät. Während er das sagt, streift der Flügel Ikarus' Schulterblatt, das Wachs, das die Flügel zusammenhält, ist immer noch ein wenig warm, und er hat noch nie so etwas Eigenartiges gespürt; es ist, als hätte sich der leichte Körper eines anderen über den seinen gelegt und würde ihn einnehmen. Er zittert und wendet den Kopf ab. Er lächelt, ohne es zu wollen; er fliegt beinahe schon. Der Ausdruck im Gesicht des Vaters macht die Fortsetzung des Mythos unerträglich. Ikarus hört nicht auf ihn, hört nur auf die Flügel, die ihn nach oben und nach unten ziehen werden, zu nah an die Sonne, zu nah ans Meer. Dieser Augenblick ist einer ihrer letzten gemeinsamen. Der Marmor ist lebendig geworden. Der Vater wird den Sohn verlieren.

Im Saal nebenan hat Canova auch Eurydike und Orpheus einen letzten Augenblick teilen lassen, im Abstand von einigen Metern. Orpheus hat sich trotz des Verbots nach seiner Geliebten umgesehen. Hades' Flammen schlagen an Eurydikes Beinen hoch, und eine Hand schießt aus dem Boden und greift nach der ihren, um sie wieder in die Unterwelt zu ziehen; es hilft nichts, dass sie sich nach Orpheus streckt und er sich verzweifelt an den Kopf fasst. Ein großer Wandspiegel verdoppelt Eurydikes Unglück. Doch der wahre Schmerz zeigt sich in Orpheus' Gesicht. Er ist derjenige, der zurückbleibt.

Eurydike ist meine Schwester, die ich nicht retten konnte. Mit dem einzigen Unterschied, dass Gustava aus freien Stücken beschlossen hat, in die Unterwelt hinabzusteigen. Ich habe ihren Brief bei mir, jetzt in der Brusttasche meines neuen Hemdes, nahe am Herzen. Ich fühle mich derart verloren, dass die »Aschenbach-Liste« mein einziger Anhaltspunkt ist. Ich glaube, ich gehe zum Markusplatz, ich bin ohnehin ganz in der Nähe. Als ich aus dem Museum komme, ducke ich mich erneut vor der Sonne. Und immer wenn ich einen Schritt gehe, erscheint es mir so, als würde nur ein Teil von mir vorankommen. Ich hänge nicht zusammen. Ich bleibe stehen und kaufe mir eine

Sonnenbrille. Und als ich den Leuchter mit den Hinkelsteinen in der Boutique mit dem Muranoglas sehe, denke ich, dass ich ihn genauso gut gleich kaufen kann; dann muss ich mir nicht die Mühe machen, den Laden wiederzufinden; und diesen Leuchter zu besitzen, würde mir das Gefühl geben, ich hätte doch eine Zukunft, trotz allem, in meinem Haus. Ich vermisse es intensiv. Mein Haus. Meinen Wald. Meinen Garten. Meine Straße. Ich will zurück. Die Ladenbesitzerin versteht nicht, dass ich den Leuchter nicht an meine Heimatadresse schicken lassen möchte, sondern mit mir herumschleppen. Ich verstehe es auch nicht, aber jetzt habe ich es gesagt. Sie sieht mir zu tief in die Augen, finde ich, wozu soll das gut sein, sie braucht gar nicht so weit nach meinem seelischen Zustand zu suchen, ich bin damit überzogen wie mit einem Lack. »Na gut«, sagt sie schließlich und fängt an, die Bestandteile des Kristallleuchters zu zählen, die ich längst bezahlt habe. Sie möchte sie voneinander trennen und jedes Stück einzeln verpacken – »und es sind 28 Teile«, sagt sie streng, man sollte nicht glauben, dass ich ihr gerade tausend für jedes einzelne gezahlt habe, in Kronen umgerechnet. Das wird eine Weile dauern. Hätte ich damit leben können, ihn mir nachsenden zu lassen, hätte ihr Assistent ihn für mich verpackt. Aber der Assistent hat heute frei. Sie muss alles allein machen. Sie schlägt vor, dass ich so lange ins Café Florian gehe und einen Kaffee trinke. So unfreundlich, wie sie es sagt, hätte sie mir genauso gut vorschlagen können, aufs Klo zu gehen. Trotzdem bin ich dankbar, dass sich jemand die Mühe macht, ein Ziel für mich festzulegen.

Vor dem Café Florian spielt ein Orchester auf. *Yesterday*. Ich bin kurz davor, wieder zu gehen. Ich ertrage keine Sehnsucht, und schon gar keine klebrige. Aber die Frau hat beschlossen, dass ich hier einen Kaffee trinken soll. Ich tauche so tief wie möglich ins Café hinein, weg von den Beatles und hinein zur Musik der Wände in Gold und der Böden in Mosaiken und Intarsien. Am Nebentisch sehe ich jemanden, der gerade ein Frühstück von einer dreistöckigen Silber-Etagere verspeist, zwischen den Stockwerken hängen auf Strohhalme aufgefädelte Beeren. Aber ich möchte Alkohol. Und der guten Ordnung halber auch eine Tasse Kaffee. Als der Kellner kommt, warte ich nicht einmal, bis er den Campari vor mir abstellt, sondern reiße ihm das Glas aus der Hand und kippe den Inhalt herunter, die Eiswürfel spucke ich auf eine Serviette. Als ich mir einen Moment später auf der Toilette die Hände wasche und anschließend nach der Sonnenbrille greifen will, die ich neben dem Waschbecken abgelegt habe, sagt ein anderer Toilettengast: »Das ist meine Sonnenbrille.« Ich akzeptiere es und entschuldige mich und gehe die leicht wankenden Treppen hinauf, am Ende jeder Stufe ist eine Kordel befestigt. Es hat eine Doppelfunktion, schützt die Schuhspitze vor der Stufe und die Stufe vor der Schuhspitze. Meine Schwester hätte mich ruhig auch schützen können. Gegen meinen Willen rufe ich sie erneut an, mitten auf der Treppe. Ich muss mir bald einen anderen Arzt suchen, jemand muss mir helfen, mir ein Beruhigungsmittel verschreiben. Warum hat sie sich nicht an mich gewandt? Hält sie mich für vollkommen untauglich? Warum redet sie nicht mehr mit mir? Damit ich sie nicht davon abbringe? Ich habe niemanden. Niemand braucht mich. Ich kann nicht wissen, ob sie tot ist. Soll ich zur Polizei gehen und eine Vermisstenanzeige aufgeben? Soll ich in den Krankenhäusern nachfragen?

Die Musik, ich weiß nicht, was das Orchester gerade spielt, erscheint mir wie ein Gestrüpp, durch das ich mir einen Weg bis hinaus auf den großen Platz bahnen muss. All die Menschen, die dort stehen und sich entweder selbst oder gegenseitig fotografieren. All die Tauben.

ERZÄHLER

Hier ließen sich Gertrude Stein und Alice B. Toklas 1908 fotografieren, sie sitzen in der Nähe der Markuskirche, mit einer Kohorte von Tauben zu ihren Füßen, um ehrlich zu sein, sehen die Tauben aus, als wären sie Steins dunklem Rock entsprungen oder wollten gerade darunterschlüpfen. Die heutigen Tauben ähneln ihren Urururgroßeltern auf dem Foto zum Verwechseln, eine Taube ist nun mal eine Taube; ein Stück entfernt steht ein weißgekleideter Junge breitbeinig und beobachtet die Entstehung des Fotos, damals konnte es noch Neugier wecken, wenn jemand fotografiert wurde. Die Aufnahme ist auf der Rückseite von Alice B. Toklas' Autobiographie *What is Remembered* abgebildet, aber Venedig wird mit keinem Wort erwähnt, der Aufenthalt im Jahr 1908 muss ihr entfallen sein, oder sie weigert sich, etwas zum Berg der Venedigliteratur beizutragen.

MIKAEL

Ich klammere mich an den Gedanken von Gertrude und Alice, Genie und lebenslange Liebe existieren wirklich, nicht nur Selfiestangen, sentimentale Musik und große Verlorenheit – meine. Meine Krähen zu Hause sind auf eine andere Weise scheu als diese anmaßenden Tauben, sie wagen sich selten auf meinen Rasen, sondern bleiben in den Baumwipfeln. Im letzten Juni hatte sich eine ganze Kolonie in den hohen Bäumen niedergelassen, es waren drei Nester. Eines Abends stürmte es heftig. Und ich hörte *etwas*, es mussten Körper sein, im taumelnden Fall durch die Zweige und anschließend durch die Schneebeerenbüsche, die alle Bäume wie rauschende Seen oder grüne Inseln umgeben. Ich rechnete mit dem Schlimmsten. Doch die Flügel der Krähenjungen bremsten den Sturz wie Fallschirme. Am nächsten Morgen saß eines mit aufgesperrtem Schnabel im Gras. Ich rief die Tierhilfe an und fragte, was ich tun solle. Ich erfuhr, dass die Eltern kommen und die Kleinen auf dem Boden füttern würden, wenn sie aus dem Nest gefallen waren. Ich erzählte vom Kater der Nachbarn; ein müder alter Kerl, der normalerweise nur in seinem eigenen und meinem Garten patrouilliert. Ich fragte, ob ich das Vogeljunge aus dem Jagdgebiet des Katers holen und ein wenig entfernt davon absetzen könne, ob seine Eltern es dann immer noch fänden? Man versicherte es mir.

»Wollen sie denn wirklich noch etwas mit ihm zu tun haben, wenn ich es berühre?«

»Es muss schon allerhand zusammenkommen, bevor sich die Eltern nicht mehr um ein Junges kümmern.«

(Ja, danke, darüber weiß ich Bescheid, ich, der ich allerhand bin.)

Ich zog meine Gartenhandschuhe an. Ich bewegte mich vorsichtig in seine Richtung, schon zehn Meter davor fürchtete ich, ich könnte es versehentlich zertrampeln, und ging auf Zehenspitzen. Erst hatte ich Mutters Brust geleert, dann alles andere, an das ich gelangte, und als hungriger Mensch neige ich zu dem Glauben, dass alle anderen auch hungrig sind und genau wie ich dafür leben, zu essen. Als ich also nahe genug an das Krähenjunge herankam, um zu sehen, dass es mit geöffnetem Schnabel dasaß, machte ich kehrt und ging ins Haus, um zu sehen, ob mein Kühlschrank irgendetwas von krähenhaftem Interesse enthalten könnte. Es gab Feta und ein hartgekochtes Ei. Ich rief erneut bei der Tierhilfe an und fragte, was das bestgeeignete Futter sei. Sie meinten, ich bräuchte ihm eigentlich nur ein bisschen Wasser zu geben. Das glaubte ich nicht und pellte das Ei. Das Krähenjunge saß immer noch da, und als es mich sah, riss es den Schnabel noch weiter auf, wie ein V-Zeichen gen Himmel, der Sieg ist mein, da kommt ein Ei. Aber erst ein bisschen Wasser, kleiner Freund. Ich hob es mit meinen behandschuhten Händen hoch, trug es zum Vogelbad und setzte es hinein, und dann tropfte ich ihm etwas Wasser in den Schnabel. Anschließend war es Zeit für das Ei, und um das Tier zu ermuntern, nahm ich selbst einen Bissen, es sah mich furchtlos an, und ich strich ihm über den Kopf und spürte ein Ziehen der Zärtlichkeit, Liebe und einen Besitzerdrang in meiner Brust, dies könnte meine Krähe werden, es war eindeutig. Ich zupfte ein Stück von dem Ei ab und legte es in den Schnabel, ein Teil fiel daneben, und mein Instinkt sagte mir, dass ich selbst den Schnabel im Schnabel spielen musste, weshalb ich zwei Finger zu einem Schnabel formte und Eibröckchen für Eibröckchen tief in den Schnabel des Jungtieres hineinführte, bis es ihn zuklappte und wegsah. Anschließend setzte ich es auf einen hohen Brennholzstapel außerhalb meines Grundstücks, neben dem Baum mit dem Nest, aus dem es hinausgeweht worden war. Vor dem Haus, in dem ich wohne, liegt eine Straße, dahinter ein Wald. Hier wohne ich, seit ich als sehr junger Mensch aus dem Nest geweht wurde.

ERZÄHLER

Er hatte als Achtzehnjähriger so viel Kapital angehäuft, dass er sein Haus bar bezahlen konnte.

MIKAEL

Gustava blieb dagegen drei Jahrzehnte lang hängen. Man könnte meinen, ich würde unter Geschwisterneid leiden, weil sie so von ihnen geschätzt wurde und es offenbar immer noch wird, obwohl sie die Trosse zum Mutterschiff gekappt hat und unseren Vater nur hin und wieder heimlich trifft ... so geschätzt, so geschätzt. Sie trat blitzschnell in die Rolle meiner Mutter, und vielleicht auch in die meines Vaters, aber das ist eine andere Geschichte.

Ich legte das restliche Ei neben das Vogeljunge, und auch ein Stück Feta, und stellte eine Schale mit Wasser daneben, woraufhin ich schweren Herzens das kleine Buffet und den kleinen Vogel auf dem Brennholzstapel zurückließ. Ich hielt mich den ganzen Tag fern, um den Eltern die Ruhe zu geben, ihr Junges zu finden und zu füttern, und weil ich mich vor dem Anblick fürchtete, der mir womöglich begegnen würde.

Am nächsten Tag saß das Junge wieder in meinem Garten, vielleicht war es auch ein ganz anderes Junges, doch als ich mich näherte, verzog es sich hastig ins Schneebeerengebüsch, weg von dem Typen mit dem falschen Schnabel. Ich war erleichtert, und zugleich ein bisschen traurig, ich war die Verantwortung los, aber gleichzeitig würde es wohl auch nie meine Krähe werden. Seither nannte ich das Junge »den kleinen Verweigerer« und sah es wieder und wieder vor meinem inneren Auge im Gebüsch verschwinden.

Im selben Sommer hatte ich eine Diskussion mit meinem Nachbarn, der einen Baum mit einem Krähennest fällen wollte. Ich sah ihn im Gespräch mit dem Baumfäller. Ich wurde magnetisch von ihnen angezogen und mischte mich ins Gespräch ein und versuchte den Nachbarn zu überreden, den Baum erst im Herbst zu fällen. »Aber der Baum ist verfault«, sagte er. »Es besteht das Risiko, dass er auf das Haus stürzt.« Seine Frau kam hinzu: »Das sind fliegende Ratten«, erklärte sie, »und sie fressen die Küken anderer Vögel.«

»Und was ist mit Ihnen?«, fragte ich freundlich. »Essen Sie etwa kein Hühnchen?«

»Wissen Sie, dass wir diese Kolonie nie wieder loswerden, wenn wir nichts unternehmen?«, fragte der Nachbar.

Am nächsten Morgen waren alle Krähen verschwunden, die Nester in den Baumwipfeln verlassen. Der verfaulte Baum stand dagegen immer noch. Ohne die heiseren Schreie war es in meinem Garten sehr still. Ich habe noch nicht gefragt, ob sie die Krähen verjagt oder eigenhändig weggeschafft haben.

All die Schlangen, vor dem Dogenpalast, der Markuskirche, dem Glockenturm. Ich wähle die Kirchenschlange und erinnere mich daran, was ich letzte Nacht geträumt habe. An dem Ort, wo ich mich befand, er erinnerte an einen Schrottplatz, war zu meiner Freude wohlbehalten ein Wesen mit einem langen Hals eingetroffen, das sich mit seinem mobilen Kopf am Ende des Halses weit umsehen konnte. Als ich den Langhals das nächste Mal sah, schaukelte er jedoch voller Qualen vor und zurück, und ich sagte zu einigen Arbeitern in der Nähe, sie müssten ihn einschläfern lassen. »Nicht nötig«, sagte einer von ihnen, »der wird bald von allein sterben.« Und ich wusste, dass ich für dieses Elend verantwortlich war, weil ich mich nicht rechtzeitig gekümmert hatte.

Für die Echtheit des Lächelns meiner Schwester gab es selten Belege. Sie lächelte freudlos. »Jetzt lächelst du wieder so, ohne richtig zu lächeln«, sagte meine Mutter. Mit diesem Lächeln wollte sie vermeiden, dass sich jemand mit ihr beschäftigte oder ihr zu nahe kam, glaube ich. Ich habe gehört, wie es als falsch bezeichnet wurde. »Hör auf, so falsch zu lächeln«, sagte man in der Schule zu ihr. Es wäre wohl richtiger gewesen, das Lächeln als einen Ausdruck von Unwohlsein zu bezeichnen. Ein regloses Gesicht, in dem die Mundwinkel wie mit Schnüren nach oben gezogen werden. Ich musste an ihr Lächeln denken, als ich den Dokumentarfilm *Der schönste Junge der Welt* sah. Er handelt von dem Schauspieler Björn Andrésen, der den Tadzio in *Der Tod in Venedig* spielt. Regisseur Visconti ist nach Stockholm gekommen, um den richtigen Tadzio zu finden. Als er den fünfzehnjährigen Björn sieht – der auf Bestreben seiner Großmutter, die sich einen berühmten Enkel wünscht, zu diesem Vorsprechen in einem Hotel erschienen ist –, hat er keinen Zweifel. Dies ist der schönste Junge der Welt. Aschenbachs Todesengel, so sieht Visconti Tadzio. »Wer die Schönheit angeschaut mit Augen, ist dem Tode schon anheimgegeben«, sagt Visconti. Ich halte mich an die letzten Zeilen des Romans, in denen Tadzio als »Psychagog« bezeichnet wird, als Seelenwegweiser. Mit seiner bloßen Erscheinung hat er Aschenbach den Weg gezeigt; auf die Erkenntnis folgt der Tod. Kurz zuvor hat Aschenbach geträumt, er sei erst Zuschauer und dann Teilnehmer bei einem wilden Bacchanal gewesen, mit allem, was an Mord und Vögelei dazugehört. Und er hat sich gewünscht, die Cholera möge Venedig verwüsten, alle würden sterben oder flüchten, und nur Tadzio und er blieben zurück, sodass er seinen Geliebten für sich allein hätte in dieser von Krankheit verwüsteten, nach Desinfektionsmittel stinkenden Stadt.

Björn Andrésen hat sogar graue Augen, bei Mann die Farbe des Wassers. Visconti bittet Björn darum, den Pullover auszuziehen, und das tut er auch, zweifellos unangenehm berührt, nachdem er gerade noch lachte; er konnte nicht glauben, dass ihn in diesem Stockholmer Hotel eine solche Demütigung erwartet. Dann die Hose. Jetzt lächelt er, weil er muss. Von vorn und im Profil. Hier ist der Todesengel, in Unterhosen, hinter dem Lächeln verschwunden.

Dieses Lächeln ist weit entfernt von dem, das Tadzio dem liebeskranken Aschenbach im Roman zuwirft und jenen damit ganz aus der Fassung bringt: »Du darfst nicht so lächeln! Höre, man darf so niemandem lächeln.« Als Zuschauer möchte man Visconti am Kragen packen und schütteln (du dummes Schwein, dachte ich ehrlich gesagt), wenn er einige Jahre später auf der Pressekonferenz in Cannes zunächst sagt, Björn verstehe nicht viel Französisch – er sitzt neben ihm in der Reihe, sein Mangel an Präsenz ist jetzt eklatant, er sitzt am Tisch, aber er ist nicht da –, und anschließend erklärt, dass der mittlerweile Siebzehnjährige nicht mehr so hübsch sei, nicht mehr der schönste Junge der Welt, siebzehn sei ein undankbares Alter, aber es werde bestimmt einmal ein schöner Mann aus ihm. Der berühmteste Regisseur der Welt ist unterhaltsam. Das Gelächter wogt durch die Reihen der Presse.

ERZÄHLER
Dein Moralisieren steht dir nicht.

4: Die Markuskirche, von eingedrungenem Wasser zerstörtes Mosaik.

MIKAEL
Endlich bin ich an der Reihe, die Markuskirche zu betreten, dieses goldüberzogene Wunder. Ein Bereich direkt neben dem Eingang ist abgesperrt und wird restauriert, seit das Meer während des außergewöhnlichen Wasseranstiegs im November 2019 in die Kirche eindrang. Dort hängt eine Fotografie des Bodenmosaiks, ein goldener Pfau, der damals zerstört wurde. An einigen Stellen sieht man das rohe Mauerwerk. Marmorplatten wurden freigelegt, damit der noch feuchte, bröckelige, halb aufgelöste Untergrund trocknen und repariert werden kann; allmählich glaube ich, die Maschinen im Garten des Hotel Abbazia sind Wasserpumpen und Luftentfeuchter.

In einem gläsernen Sarg liegt ein einbalsamierter Heiliger, Märtyrer, Bischof in einem roten Gewand. »Corpus S. Gerardi Sagredi Epi Mar«, steht auf dem Sarg. War dieses flache, puppenhafte Gebilde wirklich einmal ein lebendiger, umherspazierender Mensch? Sein Anblick zieht mich hinein in eine klaustrophobische Hölle, und ich möchte den Eingesperrten aus der Kiste heben, in der er zu einem ewigen Schlaf genötigt wird, während seine kleinen roten Schuhe zum Himmel zeigen, möchte ihn an mich drücken und sein gelbliches Gesicht aus nächster Nähe studieren. Befinden sich Augen hinter den geschlossenen Lidern? Ich möchte mir nicht vorstellen, wie sie während der Balsamierung entfernt wurden, ich sehe einen Löffel vor mir, mit dem man die Augäpfel ausschabt, wie gedämpfte Muscheln hängen sie irgendwann an einem Strang und lösen sich nur, wenn man wirklich energisch arbeitet. Unter dem Gewand befinden sich mehrere, ein wenig längere Kleidungsschichten. Man hat nicht unbedingt Lust, die innere Schicht aufzuknöpfen. Oder? Ob sich der trockene, von Organen, Muskeln und Fett befreite Körper wie eine weitere Textilie anfühlen würde? Könnte ich je so flach werden, werde ich je so platt sein? Ach, wenn ich doch nur durch und durch Kimono sein könnte, und zwar gerne in diesem Moment. Und es mir erspart bliebe, den Bußgang des Metabolismus bis zum Ende zu gehen. Einbalsamiert ist das Gegenteil von ausgestopft, sosehr ich die Gefüllten hasse, so sehr liebe ich die Entleerten.

Zufällig bin ich rechtzeitig zu einer Messe gekommen, ich setze mich, mir ist warm und unwohl mit der Maske, ich stehe kurz vor der Ohnmacht. Es gibt so viele verschiedene Figuren, als Gemälde unter den Kuppeln oder in geschnitzter Form. Ich zähle die Apostel. Und die Evangelisten. Einige kenne ich nicht. Ob gerade jemand in dieser Kirche sitzt, der diese Figuren und Tableaus so mühelos lesen kann wie eine Boulevardzeitung? Hier drinnen muss es ungefähr so viele Figuren geben wie Menschen draußen auf dem Markusplatz. Aber keine Gustava, wahrscheinlich. Ich spüre eine wachsende Verbindung zum Markuslöwen. Nimm mich unter deine Fittiche, wenn ganz Venedig darunter passt, muss doch auch für mich noch ein Plätzchen übrig sein. Richtig munter werde ich dann, als eine Solistin während eines Wechselgesangs in eine Anrufung Gottes ausbricht. Ihre Stimme ist eindringlich, schmerzerfüllt. »Mein Gott«, ist das Einzige, was ich verstehe, oh, »mein Gott«. Ihre Stimme breitet sich zu allen Seiten aus und steigt bis unter die Kuppeln. Sie muss Gottes Herz zum Schmelzen bringen. Sie ruft Gott an und bringt mein Herz zum Schmelzen. Wird mir jemand zu Hilfe kommen? Gott rechne ich nicht dazu. Ich bin kein Geschöpf Gottes. Aber Mutter, Vater, Schwester, hin und wieder sah ich Liebe in euren Augen. Kommt. Ich bin allein, und mein Gerüst wackelt. Ich kann nicht länger leben, ohne ein bisschen mehr darüber zu wissen, wer ich bin, denn wenn ich das nicht weiß, kann ich auch nicht herausfinden, was mir bevorsteht – und wie ich mich am besten dagegen schütze. Wenn ein Schutz überhaupt möglich ist. Ich bin wie Venedig selbst, einer ständigen Bedrohung ausgesetzt – der Tod meiner Schwester kann mich jeden Moment überschwemmen und zerstören.

ERZÄHLER

Ohne seine ständigen Umziehaktionen löst Mikael sich auf wie ein Kadaver. Ohne seine Arztschwester und ihre telefonische Visite.

G.

In dem Moment, als ich, auf der Terrasse stehend, zunehmend davon überzeugt bin, dass ich meinen Bruder dort auf dem Platz sitzen sehe, wo ich normalerweise meinen Negroni trinke, überkommt mich Scham. Und Wut. Scham, dass ich damals in Tromsø fast so viel Trauer über ihn gebracht hätte. Wut, dass er mich verfolgt. Und wie hat er herausgefunden, dass ich in Venedig bin? Er hat mich nicht bemerkt, ich trete hinter den Pfirsichbaum. Und hoffe, er kann mich durch dessen grünes Rauschen nicht sehen. Umgekehrt sehe ich ihn noch immer. Der Kellner hat gerade ein längliches Brett mit vier Leckereien vor ihm abgestellt, und einen Drink. So kenne ich meinen Bruder, essend. Ich habe immer schon gedacht, dass er isst, anstatt zu lieben. In meinem Zimmer steht ein Fernglas; meine Wirtin hat angeboten, ich könne mir damit den nächtlichen Himmel ansehen, »es ist kein richtiges Teleskop, das ist mir klar«, sagte sie, »aber probieren Sie es mal aus, es ist besser als nichts.« Ich hole es, geduckt und auf Zehenspitzen, damit er mich nicht entdeckt. Erneut in meiner Deckung hinter dem Pfirsichbaum, richte ich das Fernglas auf ihn. Er wirkt aufgeräumt. Ich kann sehen, dass er überlegt, mit welchem der vier Cicchetti er anfangen soll. Ich studiere sie: Aubergine mit Salsa Rossa, Artischocke mit Kapern und Petersilie, Anchovis mit etwas Undefinierbarem und, vermute ich, Crespelle mit Kaninchenragout. Fang mit dem Kaninchen an, kleiner Bruder, dann ist es aus der Welt, dann kannst du den Rest genießen, ungestört von den Langohren aus deiner Kindheit, die dich mümmelnd vom Himmel aus betrachten. Und tatsächlich, genau dieses wählt er zuerst. Meine Wut darüber, dass er in Venedig ist, verfliegt. Seine Anwesenheit gibt mir ein Gefühl von Geborgenheit, aber ich habe es lieber, wenn er irgendwo in der Peripherie bleibt. Und deshalb ist es am besten – wenn auch ein bisschen schäbig –, seine Anrufe erst anzunehmen, wenn eine Woche vergangen ist. Ich möchte einfach nur eine Woche lang meine Ruhe haben. Das habe ich ihm auch gesagt, in Tromsø.

Und wie verbringe ich meine Vormittage in diesem freundlichen Haus? Nachdem ich den Entschluss gefasst hatte, meinem eigenen Dasein ein Ende zu setzen, lebte ich lange ohne eigene Zukunft, nur mit der unmittelbar bevorstehenden; aber ich lebte mit der Zukunft der anderen, die ohne mich würden weiterleben müssen, meine Eltern und mein Bruder. Ich dachte darüber nach. Aber irgendwann wurde mein Unglück so groß, dass es meine Fähigkeit, Rücksicht zu nehmen, überschattete. Von da an verging meine Zeit damit, mich zusammenzureißen, die Todeshandlung zu planen. Und als es so weit sein sollte, konnte ich es doch nicht. Es ist sehr schwer, davon Abstand zu nehmen, zu leben. Mittlerweile verstehe ich nicht, dass es manchen wirklich gelingt.

Es ist nicht so, dass die Dunkelheit von einem auf den anderen Moment aus meinem Inneren verschwand, sie verdünnt sich ganz allmählich. Auch mein Husten klingt ab. Jetzt bin ich wohl beinahe in einem Zustand von Morgendämmerung. Ich fühle mich angeschlagen, durchgerüttelt. Ich bin es nicht gewohnt, nichts zu machen, nichts zu tun zu haben. Mein Tag beginnt mit dem Frühstück auf der Terrasse, von meiner Wirtin serviert; und ich esse sogar die süßen Küchlein, um die ich früher einen großen Bogen gemacht hätte; ehrlich gesagt tunke ich mein Croissant in den Kaffee und spüre, wie sich die kaffeegetränkten Krümel in meinem Mund auflösen und der Kaffee meine Mundhöhle wärmt. Ich halte das Gesicht in die Sonne. Ich räkele mich. Ich mache das, weil ich es bei anderen beobachtet und gehört habe, dass es guttun soll. Ich beginne sozusagen von außen und hoffe, das Innere wird irgendwann folgen, und es fühlt sich an wie ein Verlangen, ein Drang, eine Lust – zu existieren, unter der Sonne, mit ausgestreckten Armen. Es platscht, wenn eine Gondel vorbeifährt; um neun streckt ein junger Mann im Nachbarhaus seinen Kopf aus dem Fenster – höchstens zehn Meter entfernt – sein Oberkörper ist nackt, und sein Haar müsste gekämmt werden, schon am ersten Morgen nickte er mir zu; draußen, auf der anderen Seite des Kanals, fangen die Kellner an, gestapelte Stühle und Tische herauszuschleppen. Der junge Mann lehnt sich erneut aus dem Fenster, jetzt, um zu rauchen. Ich stecke mir ebenfalls eine Zigarette an, und vielleicht kommt die Wirtin heraus und raucht mit mir zusammen, sie trägt eine Goldkette mit einem großen, funkelnden Diamanten um den Hals. Ich trage eine ähnliche Kette mit einem mikroskopisch kleinen Diamanten. Ich betrachtete ihren Diamanten und beobachte, wie standhaft sie meinen und sein zaghaftes Leuchten übersieht.

Ich muss endlich zu Hause anrufen und meine Vermieterin davon abbringen, die Briefe einzuwerfen, oder jedenfalls den Brief an meine Eltern, denn mein Bruder muss in meinem Zimmer gewesen sein und *seinen* Brief gefunden haben, wenn er jetzt hier ist – nachdem er in Tromsø war. Vielleicht ist es nicht nur schlecht, dass er ihn gelesen hat. Ich denke schon lange, dass er einen kleinen Schubs braucht: Geh weg von der Schwester, in die Welt hinaus, finde die Liebe. (Und jetzt sitzt er trotzdem hier, und zwischen ihm und mir liegt nur ein Kanal. Aber das weiß er wohl nicht.) Und ja, dasselbe hätte man mit einem gewissen Recht lange auch zu mir sagen können – in die Welt hinaus, finde die Liebe. Aber das möchte ich nicht. Ich möchte mich nicht verrenken und auflösen. Und dann passiert einen Augenblick später Folgendes: Während ich mich strecke, um einen Pfirsich zu erreichen, gleitet meine Sandale langsam vom Fuß, und es fühlt sich so verführerisch an, als wäre sie mir von der Hand eines anderen ausgezogen worden, als erster Schritt eines Mich-Ausziehens. Ich lege mich auf mein Bett und überlege, was passiert wäre, wenn ich mich auf ein Treffen mit dem Flugkapitän eingelassen hätte. Was würden wir jetzt gerade machen? Wir könnten am Lido entlangspazieren – ich in Gesellschaft des schönsten Mannes der Welt. Aber worüber würden wir uns unterhalten? Das Erste, was mir einfällt, ist: mein Bruder. Ja, wir würden wohl ein bisschen über ihn sprechen. Ich sehe uns vor mir, zwei Gestalten, die am Meer entlanggehen, im gelblichen Sand: Ich bin ganz lebhaft geworden, ich rede ein bisschen zu laut und gestikuliere, wegen der ganzen Aufmerksamkeit, die mir plötzlich zuteilwird, denn er sieht mich unverwandt an. Ich erzähle ihm gerade von meinem Bruder, der Lieblingsperson in meinem Leben, so nenne ich ihn. Ich bezeichne ihn als Gartenmenschen, als einen, der seinen Garten nur selten verlässt – jetzt werde ich eine Spur zu exaltiert, ich höre es selbst –, als einen, der sein Zuhause zur ganzen Welt gemacht hat. Ich höre mich selbst Reklame für meinen Bruder machen, als wollte ich ihn feilbieten. »Mein Bruder ist auch hier«, sage ich, »in Venedig. Er glaubt, er müsste auf mich aufpassen.« »Warum?«, fragt er. Und ich weiß nicht, ob ich ihm davon erzählen soll, wie ich mir das Leben nehmen wollte. Ich fürchte, wenn ich erst einmal richtig loslege, wird es so enden wie in dem vollgestopften Zimmer, mit meinem Patienten, der sich nie wieder blicken ließ, weil ich ihn mit meinen Worten überschwemmte. Ich würde wieder nicht mit dem Reden aufhören können.

ERZÄHLER
Aber jetzt habt ihr das Strandcafé erreicht, ein weißes Monster mit Säulen, in zwei Etagen. Ihr setzt euch auf weiße Plastikstühle. Du möchtest einen Negroni haben. Daraufhin will er auch einen. Und der Kellner bringt euch zwei Gläser mit diesem dunkelroten, beinahe vaginafarbenen, bitteren Drink. Warte nur ab, denkt er – oder vielleicht rutscht es ihm auch heraus –, gleich landen wir in meinem Bett.

G.
O ja, und er wohnt im Hotel Excelsior. Aber wo ist mein Bruder?

ERZÄHLER
Er überwacht euch. Er hatte sich hinter einem Strandhäuschen ein Stück vom Grand Hôtel des Bains entfernt versteckt und beobachtet, wie ihr am Strand entlangspaziertet. Über den Flugkapitän dachte er: Das ist Tadzio, ihr Seelenlehrer und Todesengel, die Schönheit, die in den Tod führt. Er wurde panisch. Seine Vorstellungen von deinem Tod übermannten ihn erneut. Als ihr aufsteht, um ins Hotel des Kapitäns zu gehen, folgt er euch.

G.
Wer ist Mikael in der verrückten Geschichte?

ERZÄHLER

Mikael wäre dann »Jaschu«, der brutale Kamerad, der Tadzios Gesicht während des simulierten Todeskampfes in den Sand hinabdrückt, kurz bevor Aschenbach seinen letzten Atemzug tut. Hätte Mikael dich zusammen mit dem Piloten gesehen, hätte er versucht, ihn zu erwürgen. Die Anführungszeichen um »Jaschu« müssen daher rühren, dass Manns Aschenbach den Namen nur über den Strand hinweg gerufen hört und nur annimmt, »Jaschu« zu hören, und dass er so geschrieben wird, oder vielleicht auch, weil es ein Kosename ist, ein Diminutiv; und auf Polnisch enden Namen im Übrigen in der Anredeform auf »u«, auch wenn Tadzios Familie nach ihm ruft, hallt »Tadziu« über den Strand. Es sind sehr kindliche Vierzehnjährige, die uns in diesem Roman begegnen: Sie bauen Sandschlösser, und Tadzio wird vom Kindermädchen frottiert, als er aus dem Wasser steigt. Dafür hätte ich als Vierzehnjähriger nicht Modell gestanden. Aber ach! Für Aschenbach ist diese kindliche Unschuld der erotische Nährboden.

G.

Warum stirbt Aschenbach und nicht Tadzio? Wie viele heiß begehrte, blutjunge Frauen mussten wir schon im Film sterben sehen? Hier stirbt der Begehrende.

ERZÄHLER

Weil Aschenbachs Liebe so verboten war.

Weil Aschenbach Cholera bekam; er steckte sich an, als er zum zweiten Mal Erdbeeren aß, überreif wie er selbst, sonnenwarm und infiziert; rot wie Gefahr, Sex und Tod; Aschenbach hat eine rote Krawatte umgebunden, und an Tadzios Pullover ist eine kleine rote Schleife befestigt.

Weil Aschenbach das gelernt hatte, was er auf seiner Reise lernen sollte.

Mann hielt viele Fäden in der Hand.

Aber, aber, aber Aschenbach stellt laufend und mit Zufriedenheit fest, dass auch Tadzio zerbrechlich aussieht und ihm wohl kein langes Leben vergönnt sein wird.

G.

Zurück ins Zimmer im Hotel Excelsior, es gibt keinen Ort auf der Welt, wo ich lieber wäre.

ERZÄHLER

In den Armen des Flugkapitäns bist du nicht mehr Herrin darüber, was du sagst und nicht sagst. Du hast ihm bereits erzählt, dass du nach Tromsø gefahren warst, um zu sterben. Er wird unruhig, ist aufgeschreckt. Er erträgt den Gedanken nicht, dass er dich hätte verlieren können – noch bevor er dich richtig kennenlernte. Er hebt dich aus dem Bett. Ihr seid beide nackt. Er geht mit dir in den Armen umher, lange Schritte, hin und her, über den Boden des Hotelzimmers. Du weißt nicht mehr, ob du ein kleines Kind bist oder die erwachsene G. Du presst das Gesicht an seine Schulter und sagst: »Ich möchte gerne wieder herunter.« Du löst dich auf. Du wirst zersetzt. Du kannst diese Liebe nicht verkraften. Du hast dich jahrelang zusammengenommen.

G.
O ja, so ist es. Ich bin geschmolzen.

ERZÄHLER
Wenn du eine Abkühlung brauchst, kannst du dir vorstellen, dass die Tür zum Hotelzimmer aufgeht und der Pestdoktor davorsteht. Und mit einer Stimme, die durch den weißen Schnabel hohl klingt, sagt er: »Ich bin gekommen, um euch zu kurieren.«

G.
Es ist Mikael. Aber ich schmelze.

ERZÄHLER
Du lebst wirklich nur in deinem Kopf. Zu etwas anderem bist du nicht fähig.

G.
Ich setze mich auf und wähle die Nummer meiner Vermieterin zu Hause. Ich sage ihr, es sei schwer zu erklären, aber ich hätte einen Fehler gemacht. »Ich möchte Sie bitten, in mein Zimmer zu gehen, ich meine, für ein paar Tage gehört es ja noch mir, oder? Und bitte werfen Sie die Briefe nicht ein ... oder ist mein Bruder in meinem Zimmer gewesen, während ich weg war?«
»Ja.«
»Hat er den einen Brief mitgenommen?«
»Ist es nicht ein bisschen viel verlangt, dass ich schon wieder in Ihr Zimmer gehe?«
»Da drinnen liegt Geld für Sie.«
»Da liegt kein Geld.«

»Mein Bruder kann es nicht genommen haben. Geld interessiert ihn nicht.«

»Weil er es sich leisten kann, nehme ich an.«

»Könnte es sein, dass Sie die fünfhundert Kronen schon haben und es Ihnen entfallen ist?«

»Dort lag nur ein Brief, und den habe ich abgeschickt.«

»Wie konnten Sie das tun? Ich habe doch geschrieben, dass er erst übermorgen abgeschickt werden soll.«

»Wann kommen Sie und holen die ganzen Bücher ab?«

Ich sagte ihr, wegen der Bücher würde ich ein Umzugsunternehmen schicken, und legte auf. Ich spähe wieder durch den Pfirsichbaum. Mein Bruder hat den Ort verlassen. Jetzt bin ich gezwungen, meine Eltern anzurufen und einen Fehlalarm zu melden. Es ist beschämend. Sie haben mir beigebracht, meine Ziele im Leben zu erreichen. Vielleicht könnte ich Mikael dazu überreden. Diese Briefe. Ich hatte lange überlegt, ob ich sie überhaupt schreiben sollte. Aber ich fand, es wäre nicht nett von mir, ohne ein Wort zu verschwinden. Durch die Briefe wurde mein Plan auch für mich selbst wirklicher. Sie sollten den Empfängern zeigen, dass ich meinen Entschluss gründlich durchdacht hatte. Und ich wollte ihnen das Letzte von mir geben, jetzt, da ich selbst nicht mehr für sie da war; die Briefe sollten meinen Platz einnehmen, der jetzt leer geworden war. Erst hatte ich aufgeräumt, um sterben zu können, jetzt muss ich es tun, um in Ruhe weiterzuleben.

ERZÄHLER

5: Buchhandlung mit halb aufgelösten Büchern.

MIKAEL

Auf dem Weg zurück ins Hotel Abbazia, oder wo auch immer ich heute lande, sehe ich eine Buchhandlung, von der ich schon gelesen hatte. Sie ist berühmt, weil man sich hier an die Besuche des Wassers angepasst hat. Einige Bücher werden in einer Gondel aufbewahrt, andere in Plastikboxen. Es ist brechend voll. Die Bücher sind ein einziges Chaos, was mir Unbehagen bereitet, wie soll man hier je einen bestimmten Titel finden? Der Laden mündet in einen kleinen Hof. Hier hat man eine Treppe aus Büchern erbaut, die schon einmal nass waren, die das Meer bereits erfasst hatte, man kann sehen, woraus die jetzt zerstörten Buchrücken bestehen: Pappe und zerfranste Fäden; die Buchseiten scheinen in ihren Ursprungszustand aus Papiermasse zurückversetzt worden zu sein. Ich muss sagen, dass mich diese ganzen Innereien anekeln. Zwei Katzen, die hier lagen und auf der Buchtreppe schliefen, kriegen sich plötzlich in die Wolle, Fell fliegt durch die Luft, und sie fauchen und schreien und purzeln in ihrer wütenden Umklammerung die Stufen hinab. Eine Mitarbeiterin kommt mit einer Gießkanne in der Hand herbeigestürmt und ruft »attenzione!«; und als der Strahl die Katzen trifft, lassen sie voneinander ab, springen über die Hecke und sind verschwunden; die Frau steht eine Weile mit der Kanne in der Hand da, dann entleert sie das restliche Wasser über der Buchtreppe. Will sie den Zerfall beschleunigen?

ERZÄHLER

Geht es für deinen Geschmack nicht schnell genug, liebe Buchhändlerin, sollen wir das Meer zu Hilfe rufen?

MIKAEL

Ich betrachte die Treppe ein wenig genauer, um zu sehen, ob ich identifizieren kann, welche Werke vom Wasser zum Tode verurteilt wurden, ganz unten liegt ein Stapel einheitlicher blauer Bücher mit dem Titel *Ocean*, die nächste Stufe besteht aus einem Stapel italienischer Ausgaben von *Der Tod in Venedig*, der Anblick schmerzt mich zutiefst.

Im Laden, wo alle Flächen von Haufen und Stapeln bedeckt sind – dasselbe gilt für den Boden, es ist, als würde man einen Hamsterer mit einer besonderen Vorliebe für Papier besuchen –, wird meine Aufmerksamkeit von einem zerfließenden Stoß älterer, bräunlicher Fotodrucke auf vergilbtem Papier gefesselt. Beim Blättern stoße ich auf eine Fotografie, die mich innehalten lässt, der Titel lautet »Lido – Ferry boat ante litteram«. Man sieht ein Auto mit fünf Passagieren, das gerade eine Rampe hinab auf eine Fähre rollt, die lediglich Platz für ein Fahrzeug hat. Der Titel könnte so etwas bedeuten wie: eine Fähre, die ihrer Zeit voraus ist, also eine Autofähre, bevor es den Begriff überhaupt gab. Servizio Pubblico steht über den Ziffern des Nummernschildes: 67-678. Ist das Auto eine Art öffentliches Transportmittel, vielleicht in Kombination mit der Fähre? Das Lenkrad befindet sich auf der rechten Seite. In Italien wurde der Rechtsverkehr im Jahr 1922 eingeführt (ich bin ein Mensch, der bis oben hin mit seltsamen Fakten angefüllt ist), das Auto muss älter sein, und das ist es auch: ein Fiat, Torpedomodell 52 b aus dem Jahr 1918, das erkenne ich an der Karosserie und an den Reifen. Es ist der erste Fiat nach dem Krieg. Die Fotografie stammt – schätze ich – aus dem Sommer 1919. Das Auto ist weiß, mit heruntergeklapptem Verdeck, auf dem Verdeck stehen Koffer, und an der Seite wurde ein Reserverad angebracht. Die Fähre soll es über die Lagune bringen; zur Linken sieht man die Markuskirche, den Dogenpalast etc. Geradeaus liegt die Friedhofsinsel San Michele. Vielleicht ist die Reisegesellschaft unterwegs zu einer Beerdigung, also nicht zu beneiden, was mir beinahe unterlaufen wäre. Aber warum sollten sie das Auto auf diese winzige Insel mitnehmen? Ach was, sie sind auf dem Heimweg von ihren Ferien auf dem Lido, bestimmt waren sie im Grand Hôtel des Bains. Der erste Urlaub nach dem Krieg. Im Auto sitzen drei Männer und zwei Frauen, derjenige, der eine Art Chauffeursmütze auf dem Kopf trägt, sitzt seltsamerweise hinten; einer der beiden Hausherren muss gesagt haben: »An Bord der Fähre zu fahren, ist eine komplizierte Angelegenheit, ich übernehme das Steuer.« Vielleicht ist es aber auch eine militärische Kopfbedeckung, die der Mann trägt, und er ist der Hausherr, vielleicht ein Offizier, und hat die Mütze aufbehalten, obwohl der Krieg vorbei ist. Das Auto hat drei Bankreihen mit Rücksitzen, und eine Frau in der vordersten Reihe und ein Mann in der mittleren Reihe haben sich zu einer Frau ganz hinten umgedreht; sie sieht beleidigt? verzagt? weg. Wenn doch nur alles anders gekommen wäre ... ich wünsche mir meine Schwester und mich in ihre Schuhe hinein, unter ihre Hüte, mit unseren jeweiligen Ehepartnern, auf unserer jeweiligen Rückbank, bei einem gemeinsamen Urlaub, in Venedig, mager und zerfurcht, aber trotzdem miteinander verbunden, direkt nach dem Ersten Weltkrieg. Vielleicht wird das Auto nicht richtig vertäut und rollt mitten in der Lagune ins Wasser und geht mit den Passagieren unter; dann ist es gut, dass der Friedhof in der Nähe liegt; wenn es denn jemandem gelingt, sie wieder herauszufischen.

Sie hatten den Krieg überlebt und starben in der Lagune. Ich nehme den Druck mit zur Kasse und kaufe ihn für fünf Euro. Im selben Moment fällt mir – beim Anblick meines Portemonnaies – siedend heiß ein, dass ich vergessen habe, meinen Kristallleuchter abzuholen, ich muss wieder zurück zum Markusplatz. Neben dem kann ich gleich mehrere Häkchen auf der »Aschenbach-Liste« setzen. Als die Buchhändlerin meine Fotografie in eine weiße Tüte steckt, erblicke ich noch einen Menschen, er sitzt allein auf einer Bank im Bug des Schiffs und betrachtet die kleine Reisegesellschaft mit verschränkten Armen …

ERZÄHLER
Das bin natürlich ich.

MIKAEL
Es ist, als hätte ich den Aufzug durch mich selbst hindurch ins Kellergeschoss genommen, bis in die Kindheit und meine erste lange Jugend, als ich die ganze Zeit gegen die Oberherrschaft anderer kämpfen musste, um nicht vollständig zu verschwinden. Die Wirkung des letzten Campari, den ich getrunken habe, ist längst verflogen; und obwohl es meinem Orientierungssinn schaden wird, bin ich gezwungen, mich mit einem gewissen konstanten Pegel auf den Beinen zu halten, mich selbst zusammenzuhalten. Ich wähle das erstbeste Lokal auf einem kleinen Platz am Kanal. Direkt gegenüber steht ein Haus mit einem Garten. Gärten sind hier relativ selten, das weiß ich noch aus Henry James' Roman *Die Aspern-Schriften*, in dem ein ränkevoller Literat versucht, persönliche Papiere über den längst verstorbe-

nen, berühmten Autor Jeffrey Aspern von dessen Jugendliebe Juliana, inzwischen auch sehr alt, zu erschleichen, indem er ihren kargen (raren) venezianischen Garten in ein Blumenmeer verwandelt und dafür sorgt, dass sie jeden Tag schöne Sträuße gebracht bekommt. Und dieser Garten auf der anderen Seite des schmalen Kanals ist wohl auch der erste, den ich hier gesehen habe. Ein Pfirsichbaum hängt über die verwitterte, gelbliche Mauer, die den Garten umgibt. Jetzt kommt der Kellner mit meiner Bestellung. Durch den Pfirsichbaum geht ein plötzlicher Ruck, als wäre jemand dagegen gelaufen.

ERZÄHLER

Venedig wird oft, auch von Henry James, mit einer Kulisse verglichen, und die Venezianer mit einer »ewigen Schauspieltruppe«. Nur, eine Kulisse für oder von was? Liegt es an der Wirklichkeitsverzerrung, weil die Straßen aus Wasser sind? Oder an den vielen Palästen? Die Kulisse einer verschwundenen, mächtigen Zeit? Jetzt verfallen, an einigen Stellen zerbröckelt und halb aufgelöst und mehr vom Wasser bedroht denn je. Der Unterschied zwischen Licht und Schatten ist dramatisch; der Unterschied zwischen den Farben des Wassers – von einem sehr intensiven Grüntürkis, wenn es sonnenbeschienen ist, bis hin zum dunkelsten Dunkel im Schatten – ist vielleicht theatralisch. Was die »ewige Schauspieltruppe« angeht, so besteht sie heute hauptsächlich aus Touristen wie meiner Wenigkeit. Wir sind der Speck der Stadt. Wir sind ihr Polster. Wir wetzen sie ab, bis ihre Knochen zerbersten und sie unter uns zusammenbricht. Das Meer kommt und leckt unsere Überreste auf. Henry James erzählt von Venedig als einem Ort, an dem man seine Schuhe nie abläuft – weil man mit dem Boot fährt, anstatt zu gehen. Wir sollten auf dem Wasser bleiben – aber in Gondeln, nicht in Motorbooten, deren Bugwellen hart gegen die Gebäude schlagen und ihnen schaden, Welle für Welle sinkt Venedig – wir alle, die wir in Museen, Kirchen, Palästen und Restaurants ein und aus trampeln.

6: *Angel of the City* von Marino Marini.

MIKAEL

Von meinem Vaporetto, der jetzt den Canal Grande entlanggleitet, diese breite türkisfarbene Autobahn, sehe ich ein Pferd aus Bronze vor der Peggy Guggenheim Collection. Es streckt Hals und Maul in Richtung Kanal, auf ihm sitzt ein nackter Mann, das Gesicht sonnenanbetend nach oben gewandt. Seine Erektion zeigt, genau wie das Maul des Pferdes, direkt auf mich. Seine Arme sind ausgebreitet. Es ist Gustav von Aschenbach, der die Arme öffnet, nachdem alle vor der Cholera in Venedig geflüchtet sind und er seinen Tadzio für sich allein hat. Dies ist der »Engel der Stadt«, bereit, den Todesengel Tadzio mit seiner Erektion zu empfangen, der Tod ist brutal, liebe Freunde, denkt daran, euch des Lebens zu erfreuen; während der dritte Engel, der geflügelte Markuslöwe, die Drohne der Stadt, tief fliegt und alle im Auge behält – diejenigen, die fliehen, und diejenigen, die zurückbleiben und kopulieren – und bereit ist, jeden Moment im Sturzflug hinabzutauchen.

Allein in der leeren Stadt, setzt Aschenbach sich Hörner auf und zerfetzt Tadzio.

ERZÄHLER

Mikael ist vollkommen erschöpft, und die Erschöpfung befeuert seine Vorstellungsmanie, seine Qual, die Vorstellungen werden zu Szenen, die eine löst die andere ab – stopp, kann er zwar sagen, ist aber längst in der nächsten gelandet. Jetzt stirbt Gustava in einem Liegestuhl unter einem braunen Baldachin, er kommt herbeigerannt, doch es ist zu spät, er versucht sie wiederzubeleben, doch das Herz will nicht mehr, der Liegestuhl ist blaugestreift, und es ist ein Rätsel, wie sich auf diesem fröhlichen Bezug etwas so Grausames abspielen kann. Draußen im Wasser hebt und senkt jemand mechanisch die Hand.

Im einen Augenblick teilte er die Wirklichkeit noch mit anderen, im nächsten nicht mehr. Im einen Augenblick war Gustava kurz davor, ihrem Todesengel zu begegnen und den Aschenbach-Tod zu sterben – ich wage mir kaum auszumalen, was passiert wäre, wenn er G. tatsächlich in Gesellschaft des schönen Kapitäns gesehen hätte –, im nächsten war Mikael wieder klar im Kopf.

G. sagte immer zu ihm, solange er sich selbst korrigieren (und all diese Szenen als erdichtet einordnen) könne, drohe keine Gefahr. Mein Gott, fiel ihr denn nichts Besseres ein? Das wusste doch fast jedes Kind; so trennt man die psychotische Spreu vom Weizen. Jetzt fällt Mikael gerade ein, wie sie beim letzten Mal, als er ihr von seinen Qualen erzählte, weil sich ihr Tod in einer Endlosschleife vor seinem inneren Auge abspielte, und ihre Beerdigung gleich mit dazu, stumm geblieben war; sie wirkte müde, sie hatte sich genug gekümmert, aber er fand es unangemessen, derart von ihr im Stich gelassen zu werden, allein mit seinen Qualen. Jetzt wurde ihm bewusst, dass sie wahrscheinlich viel zu viel mit ihrem bevorstehenden, ihrem wirklichen Tod zu tun gehabt hatte – vielleicht war sie dabei gewesen, die letzten Details festzulegen, vielleicht hatte sie gerade dagesessen und über einem Satz für einen der Briefe gebrütet –, als dass sie sich seiner ganzen Todesgespinste hätte annehmen können.

Und was, dachte er bereits zum wiederholten Male, wenn seine Vorstellung von ihrem Tod sie inspiriert hatte und er einen Teil der Schuld trug?

7: Das legendäre, aber, wie sich herausstellt, geschlossene und unzugängliche Grand Hôtel des Bains auf dem Lido.

MIKAEL

Der Lido hat etwas Müdes und Abgenutztes, etwas Welkes und Vertrocknetes an sich, der ganze Ort scheint zu rufen: »Nebensaison, lass mich doch einfach schlafen!« Die Erde in den Blumenbeeten auf dem Boulevard ist aufgeworfen, die Rosen lassen die Köpfe hängen, umgeben von grünen Bewässerungssystemen, die so viel Raum neben den Rosen einnehmen, als wären sie die eigentlichen Hauptfiguren des Beetes. Ich stehe vor dem Grand Hôtel des Bains. Hier war Thomas Mann zu Gast – 1911 zum ersten Mal, und im folgenden Jahr ebenfalls. Es ist nicht länger in Gebrauch. Die Fenster im Erdgeschoss sind mit Brettern vernagelt, die übrigen Fenster mit scheinbar federleichten blauen Läden verschlossen. Das Gebäude ist von einem hohen Stacheldrahtzaun umgeben, mit einem Tor darin. Es ist abgeschlossen. Als ich daran rüttele, kommt ein Wachmann aus einem Häuschen. Er ist bewaffnet.

»Darf ich denn nicht hereinkommen und mir das Hotel ansehen?«, bettele ich.

Der Wachmann schüttelt einfach nur den Kopf, vermutlich ist er die vielen aufdringlichen Mann-Fans leid. Ich überquere den Weg und stehe am Strand, ich kann es nicht lassen, mich umzudrehen und das kolossale Gebäude hinter mir anzusehen, das von Bäumen umgeben über die Küste wacht und herrscht, mit seiner zum Haupteingang aufsteigenden Marmortreppe. Weit oben an der Fassade ist eines Tages oder Nachts eine Uhr um zwanzig Minuten vor elf stehengeblieben. Ich gehe zwischen langen Reihen von Badehäuschen entlang, degenerierte Nachkommen des Hotels dahinter, kleine falsche Jünglinge, blasse Hütten zum Umkleiden, die auch in einem afrikanischen Dorf oder auf Hawaii stehen könnten, Plastikstreifen von etwas, das künstlichem blonden Haar gleicht, hängen von den Dächern; ganz oben enden sie in einem Dutt – als Teil der Frisur. In Manns Zeit waren die Badehütten richtige kleine Häuser mit einem eigenen Baldachin, unter dem man sein Strandleben leben konnte. Hier saß Aschenbach in seinem Liegestuhl. Hier setzte sein Herz aus.

Das Meer ist grau unter dem bewölkten Himmel, und flach, wellenlos, ruhig. Es ist Tadzios Meer.

Tadzio, der nie gelebt hat.

Keine Gustava, auch hier nicht, natürlich nicht. Ich habe mich auf eine Erzählung gestützt, die in Bezug auf sie keine Realitätsgrundlage hat.

ERZÄHLER
Sieh an, jetzt bist du vernünftig, mach weiter so: Du hast lange genug Raubbau an Gustav von Aschenbach betrieben.

MIKAEL
Allerdings konnte ich auf meiner Liste nie das Hotel Excelsior und den Bahnhof Santa Lucia abhaken, und auch nicht die Rialtobrücke, allerdings bin ich mehrmals unter ihr hindurchgefahren und habe jedes Mal von meinem Vaporetto aus nach Gustava Ausschau gehalten.

ERZÄHLER
Stopp! Und dein Verhältnis zu dieser Liste wirkte im Übrigen von Anfang an halbherzig. Du hast nie richtig an ihren Nutzen geglaubt, oder?

MIKAEL
Nein, wegen der allgegenwärtigen Menschenmengen, in denen Gustava abtauchen konnte.

Ich wate ein Stück ins Wasser, dem leeren Horizont entgegen. Das geschlossene Hotel türmt sich hinter mir auf, und weiter weg, in der Stadt, sinkt die Buchtreppe in sich zusammen, in der *Der Tod in Venedig* weiter seiner Auflösung entgegengeht.

Aber wo ist sie? Nach welchem Prinzip soll ich meine Suche jetzt aufbauen? Bis zu den Knien im Wasser stehend, hole ich mein Handy hervor und rufe sie nochmals an. Und nochmals.

ERZÄHLER
Vielleicht hättest du etwas von Sophie Calle lernen können, als sie ihr Kunstprojekt *Suite Vénitienne* durchführte, bei dem sie versuchte, ihr Objekt Harry B. aufzuspüren. Sie hatte ihn auf einer Party kennengelernt, und er hatte ihr erzählt, er werde nach Venedig ziehen. Also folgte sie ihm. Sie rief in mehreren hundert Hotels an, um herauszufinden, wo er wohnte. Und ging zur Polizei. Und es gelang ihr, ihn zu finden. Im Vergleich dazu kommst du mir ein bisschen faul vor.

MIKAEL
Für Sophie Calle hatte Henry B. keine lebenswichtige Funktion. Sie konnte den Überblick bewahren. Sie konnte nüchtern bleiben. Sie konnte detektivisch sein, mit ihrer blonden Perücke auf dem Markusplatz. Ich gebe auf. Ich betrinke mich. Ich gehe in den Fortuny Store und kaufe mich arm.

ERZÄHLER
Warte erst mal ab, was deine Schwester noch für ein As im Ärmel hat.

MIKAEL
Jetzt fahre ich wieder mit dem Boot in die Stadt – und setzte mich als Erstes auf die Riva degli Schiavoni und sehe zu, wie die Gondeln an ihrer Vertäuung zerren; beim Anblick der Lagune wollen sie losgaloppieren.

ERZÄHLER
Wie deine Gedanken mit dir durchgehen.

MIKAEL

Später habe ich im Halbschlaf vor mir gesehen, wie ich den Wahnsinn lange Zeit von meiner Tür weggehalten habe, indem ich ein gewaltiges Gitter vor meiner Seele aufgebaut hatte – aber der Druck wurde so stark, dass das Gitter nach innen fiel, und ich fragte mich sofort, ob jemand mein Geld geklaut hatte.

Jetzt hockt meine Trauer, meine Gustava-Sehnsucht, auf meinem Oberarm wie ein Affe, eine Beule, ein Gewicht.

So geht es nicht weiter.

G.

Vor sieben Tagen bin ich nach Tromsø gereist. Heute ist Mikael schon eine Woche ohne mich zurechtgekommen, und trotzdem zögere ich, ihn anzurufen, ich könnte es nicht ertragen, wenn alles wieder von vorn anfängt, wenn ich ihn wieder im Auge behalten muss: Kann er die Fassung wahren, ist er im Begriff, psychotisch zu werden? Ich habe zwei Tage auf der Terrasse gesessen und mich der Sonne entgegengestreckt, und allmählich reicht es mir. Ich bin nicht für Entspannung gemacht. Und nicht länger rekonvaleszent. Außerdem quält mich der Brief an meine Eltern, haben sie ihn bekommen? Oder wird die Post ihrer üblichen Langsamkeit gerecht, ist er immer noch unterwegs, die Bombe noch nicht geplatzt? Ich muss zusehen, dass ich wieder nach Hause zurückkehre. Ich möchte weg aus diesem hochsommerlichen Februar, zurück ins beginnende Frühjahr in dem einzigen Land, das ich wirklich kenne. In dem ich die Anzeichen des Frühlings erkenne. Jetzt greife ich zu meinem Handy, jetzt rufe ich meine Mutter an, jetzt sage ich das, was ich schon eine Zeitlang geübt habe: »Mama, ich bin es.«

»Gustava«, sagt sie, »bist du richtig lebendig?«

»Ja«, sage ich, »und ich sitze gerade in der Stadt eures alten Glücks.«

Und später verspricht sie mir, den Brief nicht zu öffnen, wenn er ankommt. Solange ich verspreche, ihn selbst abzuholen. Damit sie mich sehen kann. Damit sie mich berühren kann. Damit sie die Arme um mich legen kann.

»Ich komme«, sage ich, und ein überraschend heftiges Pochen verrät mir, dass ich im Herzen noch nicht gestorben bin.

ERZÄHLER

Es ist der Tag der großen Gefühle. Und jetzt führe ich Mikael zu dem Platz gegenüber von Gustavas Haus. Er ist in einem erbärmlichen Zustand, trägt wieder seinen schmuddeligen Kimono, denn er ist nie bis zum Fortuny Store gekommen, es ist zwanzig Minuten vor elf an diesem glücksseligen 23. Februar 2022, dem Tag, bevor die Welt einen neuen Schock erleidet, er hat sich ins Restaurant gesetzt, um gegen seinen Kater anzutrinken.

G.

Ja, da sitzt er wirklich, der große gelbe Mensch, eine Welle des Zorns spült mich zum Pfirsichbaum, ein Zweig knackt, als ich mich hindurchzwänge, und ich rufe seinen Namen quer über den Kanal. Er steht auf und breitet die Arme aus.

»Warum torkelst du in Venedig herum?«, schreie ich. »Kannst du mich denn nie in Ruhe lassen?«

Es ist, als hätte man die Luft aus ihm herausgelassen, er sackt in sich zusammen. Und ich eile über die Terrasse, ins Haus hinein, auf die Straße hinunter, über die Brücke und den Platz zu ihm.

MIKAEL
Ich habe mich aus meinem Haus losgerissen, Gustava, ich bin ins Flugzeug gestiegen, ich war fast eine Woche lang unter Menschen. Was willst du noch?

ERZÄHLER
Du hast eine Prämie verdient – deine Schwester kommt mit dir zurück, in dein Haus.

G.
Ja, komm, wir fahren nach Hause und verabschieden uns von Venedig mit dem posthum erschienenen Dialogwerk der Autorin Moderata Fonte: *Das Verdienst der Frauen* ...

ERZÄHLER
8: Das Pseudonym Moderata Fonte, 1555 als Modesta Pozzo in Venedig geboren und 1592 im Kindbett gestorben. Sie vollendete dieses Werk wohl am Tag vor ihrem Tod. Das ist eisern.

G.
... in dem sieben venezianische Frauen Ende des 16. Jahrhunderts in einem üppigen Garten sitzen und über die Freiheit reden, die sie sich wünschen und die in einer Ehe üblicherweise unmöglich ist. Jung und unverheiratet zu sein, hilft allerdings auch nichts, denn dann darf man nicht allein vor die Tür gehen.
　Zwischen allen möglichen Blumen und Bäumen mit Gra-

natäpfeln, Feigen, Pfirsichen und Aprikosen steht eine Fontäne, umgeben von Statuen, aus deren Brüsten Wasser spritzt. Jede Statue ist mit einer Inschrift versehen. Auf der Statue mit einer Laterne in der Hand, in deren Flamme ein brennender Schmetterling flattert, steht:

»Victim of my vision of beauty, I burn through my own doing.«

(Das war für Mikael und Herrn Aschenbach.)

ERZÄHLER
Und weil wir auf dem Weg nach Hause sind, jetzt noch einmal so, dass alle es verstehen: »Als Opfer meiner eigenen Vorstellung von Schönheit verbrenne ich durch mein eigenes Handeln.«

G.
Und auf der Statue mit einer Sonne in der Hand (und das bin ich), steht:

»Alone and unique I illuminate myself and all around.«

ERZÄHLER
»Allein und einzigartig erleuchte ich mich und alle um mich herum.«

G.

Geplant war, dass ich ein paar Tage bei Mikael wohnen sollte, bis ich eine neue Bleibe gefunden habe. Seither ist ein Monat vergangen, genauso lange, wie der Krieg herrscht. Wir sitzen auf dem Sofa, hier sind wir in den Stillstand geraten, unter dem venezianischen Kristallleuchter mit den achtundzwanzig flachen Kreisen, einer für jeden Tag im Februar. Es dauerte eine Weile, ihn auszupacken und zusammenzubauen; die Verkäuferin hatte nicht an Material gespart. Heute habe ich das unbequeme grüne Kleid angezogen, dessen Pailletten wie eine Reptilienhaut sind, um Mikael eine Freude zu machen, und die Pailletten funkeln, als wäre ich eine Echse, die an einem der ersten Tage der Welt ihre Ellenbogen auf festen Grund aufsetzte und sich, vom Sonnenlicht beschienen, aus dem Sumpf zog. Wir hocken vor seinem Fernseher und sehen endlos Nachrichten, unsere Laptops stehen aufgeklappt auf dem Tisch; wir sind von den neusten Meldungen umzäunt; ich war bei meiner alten Vermieterin und habe meinen Mac und meine Bücher abgeholt, sie stehen an der Wand entlang gestapelt, ich glaube, Mikael ist die Unordnung leid, die ich in seinem Wohnzimmer angerichtet habe; zwischen uns liegt ein Welpe, den er in einem Anfall von Tatendrang aus einem überfüllten polnischen Tierheim adoptiert hat. Er ist eingeschlafen, das Maul behutsam um meine Hand geschlossen. Dies ist Hund Nummer zwei in unserem Leben. Er heißt Y. Als ich versuche, meine Hand zwischen seinen Zähnen herauszuwinden, erwacht er, ich beuge mich über ihn und kraule seinen Kopf, wir sehen einander in die Augen, und er antwortet mit ein paar leisen, kehligen Lauten, die er für zärtliche Situationen aufhebt – mit mir; ich glaube nicht, dass er solche Geräusche auch bei Mikael macht.

Hund Nummer eins war nicht immer von Vorteil, weil er den Boden rings um das Haus zum Knarren brachte, wenn ich abends als Kind am Fenster in der Küche stand und nach dem Auto Ausschau hielt, das meine Familie nach Hause bringen sollte. Die Küche war der einzige Ort, an dem ich es wagte, mich nach Einbruch der Dunkelheit aufzuhalten. Im restlichen Haus war ich schutzlos, ich unternahm nur Ausflüge dorthin, notgedrungen, wenn das Telefon, das im Wohnzimmer auf der Fensterbank stand, klingelte; unsere Telefonnummer stand darauf, auf einem weißen Aufkleber, wenn ich mich richtig erinnere, als Service der Telefongesellschaft, oder ist das vollkommen falsch? Ich musste ans Telefon gehen, weil die Wahrscheinlichkeit groß war, dass meine Mutter oder mein Vater anriefen, meine Mutter oder mein Vater, die mir entweder Bescheid sagen wollten, dass sie sich verspäteten, noch mehr verspäteten, oder – bald bräuchte ich keine Angst mehr zu haben, bald bräuchte ich hoffentlich keine Angst mehr zu haben –, dass sie bald nach Hause kämen. Wenn ich das Fenster nicht geöffnet hatte, wenn ich abends allein zu Hause war ... ich konnte abends nicht allein zu Hause sein, ohne das Fenster wenigstens zu kippen, sonst ... hätte es genauso gut ein Keller sein können ... senkte sich eine Hülle der Unheimlichkeit, eine Fremdheit, über die vertrauten Dinge, die Möbel, das Haus wurde zu einem Stillleben, inklusive des Hundes. Ich weiß nicht, wie alt ich war, als mein Fensterdrang entstand. Aber ich überwand ihn erst, als ich Mitte dreißig war und (für kurze Zeit) mit meinem damaligen Freund zusammenzog, der sich beschwerte, wie kalt es sei, wenn er im Herbst und Winter nach Hause kam. Wenn ich ihn wegen seiner Mängel kritisierte, hielt er meinen Fensterdrang stets wie einen Schutzschild vor sich.

Ich saß am Küchentisch, um so nah wie möglich am gekippten Fenster zu sein; es verband mich mit der Welt dort draußen. Wenn das Auto in die Einfahrt rollte, sprang ich vom Küchentisch und entzündete die Gasflamme unter der Pfanne, in der zum Beispiel Frikadellen sein konnten, die ich wahrscheinlich schon Stunden vor der voraussichtlichen Rückkehr meiner Familie zubereitet hatte. Den Topf mit den gekochten Kartoffeln hatte ich in ein Küchenhandtuch gewickelt, damit sie warm blieben, und wickelte sie aus. Als ich zehn-elf-zwölf war, wie damals vor dem Fenster, briet ich schon in den Morgenstunden Frikadellen aus Rinderhack mit in Wasser gekochten Zwiebeln, wenn meine Mutter auf Diät war: der Fleischkur. Je mehr Fleisch sie aß, desto mehr nahm sie ab, aber sie ekelte sich vor dem vielen Fleisch. Ihr Kaffee musste immer schnell gehen, deshalb bat sie noch aus dem Bett um »eine einzige Tasse Nescafé aus dem Hahn, bevor ich aufstehe«, vielleicht bekam sie deshalb Brustkrebs, man darf das heiße Wasser aus dem Hahn nicht trinken, aber das wusste sie nicht, oder sie sah großzügig darüber hinweg. Sie erkrankte erst viele Jahre später an Krebs. Es konnte auch daran liegen, überlegte sie, dass sie jahrelang Aluminiumchlorid im Deodorant benutzt hatte. Man kippte es auf einen Wattebausch und tupfte sich damit die Achselhöhlen ab. Wenn man eine Bluse anzog, ehe es getrocknet war, zersetzte es den

Stoff. Meine Mutter zog mit zwei Fingern einen Bogen über die erhaltene Brust, um zu zeigen, wie sie das Aluminiumchlorid jeden Morgen auch auf einem Teil ihrer Brust verteilt hatte. Als ich einmal Jahre nach der von ihr so genannten Amputation – inzwischen hatte man ihr auch die andere Brust abgenommen – zu ihr sagte, dass ich mich an ihre Brüste erinnern würde, sagte sie: »Nein, wirklich!« Ich sah sie vor mir durch den Schaum in der Badewanne zum Vorschein kommen und auf der Oberfläche schaukeln, wir nahmen immer ein Schaumbad, trugen Badekappen und füllten die Wanne so hoch mit Wasser, dass es auf den Terrazzoboden schwappte, »ich fand sie so schön«, sagte ich; ich erinnere mich auch an die Brüste ab dem Moment, wenn sie aus der Wanne gestiegen war und die Badekappe absetzte und den Kopf herabbeugte, um das Haar an seinen Platz zu schütteln, und die Brüste auf den Boden zeigten. Als meine Mutter an Brustkrebs erkrankte, war ich so erschüttert, dass ich mich kaum noch auf den Beinen halten konnte, obwohl ich Ärztin bin und professionell sein müsste. Als ich den Kontakt zu ihr abbrach, war sie längst für geheilt erklärt worden. Damals in meiner Kindheit, zur Zeit unserer Schaumbäder, machte die Badekappe unser Haar platt, fast wie tot, und das Gummiband hinterließ einen roten Abdruck, eine Vertiefung rings um die ganze Stirn, entlang der Haargrenze. Meine Mutter hatte einen schwarzen Schönheitsfleck auf der linken Brust.

All das, die alte Furcht, der alte Schrecken, fiel mir wieder ein, nachdem Russland die Ukraine angegriffen hatte und Putin mit Atomwaffen drohte, der neue Schrecken führte einen alten mit sich, während dieser Krise, der vielleicht größten seit der Invasion in der Schweinebucht. Aus lauter Verzweiflung über den neuen Krieg und den Gedanken an eine weltweite Vernichtung habe ich mir, auf dem Sofa sitzend, gewünscht, dass meine Familienmitglieder, die als Kind auf mich aufgepasst hatten, hier ins Wohnzimmer kämen, Hand in Hand, wie an Heiligabend, wenn sich die Erwachsenen dem Kind zuliebe Mühe geben. Doch hier im Wohnzimmer, auf dem Sofa, sind lediglich Mikael und der Welpe, in dessen Fell ich ersatzweise mein Gesicht bohre, worauf er sich sofort auf den Rücken rollt, um mir seinen hellrosa, fast haarlosen Bauch zum Trost anzubieten. Über dem Sofa hängt ein Gemälde von einer riesigen, schwebenden Amaryllis, in der ich jetzt nur noch einen Atompilz erkennen kann. In den Nachrichten sehe ich einen Minibus in einer ukrainischen Stadt anhalten, um Flüchtlinge aufzunehmen, der Fahrer sagt: »Nein, für den Hund haben wir keinen Platz mehr. In einem Keller sitzen noch dreißig Kinder.« Dort endet der Ausschnitt. Man hat weder die Menschen gesehen, die mit dem Hund einsteigen wollten, noch den Hund selbst, nur das volle Fahrzeug; man weiß nicht, ob sie den Minibus fahren lassen oder den Hund von der Leine, und ihm einen letzten Klaps geben und ohne ihn einsteigen. Es gibt keine Fortsetzung. Läuft der Hund dem Bus nach? Wir wissen nichts. Putin spricht von einer Säuberung. Er möchte die Ukraine von Nazis säubern und Russland von westlich gesinnten Verrätern. Chemiewaffen, von denen wir schon seit einer Weile fürchten, dass er sie in der Ukraine einsetzen wird – die ultimative Säuberung, er entfernt die Lebenden wie Schmutzflecken. Ich sitze in Mikaels Wohnzimmer und sehe anderer Menschen Häuser einstürzen, manchmal fällt auch die ganze Fassade herab, und man blickt in freigelegte Wohnräume. Da sitzt eine Frau und spielt mit ausgreifenden Handbewegungen Klavier, sie spielt in ihrem Zimmer ohne Außenwand.

»Mach dich reisefertig«, sage ich zu Mikael. »Pack eine Tasche mit dem Nötigsten.«

»Wohin?«, fragt Mikael. Kurz darauf sagt er: »Ich reise nirgendwohin. Bald ist es wieder Zeit, in den Garten zu gehen.«

»Nach Irland, das von allen neutralen Ländern am weitesten von Russland entfernt liegt«, sage ich vage, »oder vielleicht nach Südafrika, wenn es so weit kommt ...« (ich möchte das A-Wort nicht sagen; später, als ich den südafrikanischen Präsidenten im Parlament sprechen und der Nato die Schuld am Krieg geben hörte, schloss ich auch Südafrika aus), »oder vielleicht nach Thailand«, sagte ich ins Blaue hinein. Noch später fand ich im Internet eine Liste über Länder, in denen die Chance, einen Atomkrieg zu überleben, aus verschiedenen Gründen wie Lage, Neutralität, Zugang zu Tunneln und atomsicheren Bunkern, am größten schien; denn ich möchte leben. Auf dieser Liste erschienen die Antarktis, die Pazifikinsel Guam, Island, Israel, die Cheyenne Mountains in Colorado, USA, und Perth in Australien.

ERZÄHLER

Das Nordwest-Territorium in Kanada ist bestimmt auch eine Möglichkeit, genau aus diesem Grund hatte ich lange eine Karte von diesem einsamen Gebiet an der Wand meines heimischen Wohnzimmers hängen. Vielleicht kommen wir ja trotzdem dorthin.

G.

»Ach, deshalb brauchte Y … (der Welpe mit den Pfotenballen, so weich wie frischgeputzte Schuhe, den wir Y getauft haben, weil es am Ende des Alphabets und damit am weitesten vom A entfernt liegt, dem Ende von allem, so weit, wie man sich vom A entfernen kann, nachdem die Russen auch das Z in Beschlag genommen haben.) … eine Tollwutimpfung«, sagte Mikael, »damit er Grenzen überqueren darf«, und er nahm den blauen *EU-Heimtierausweis* vom Sofatisch, wo auch sein und mein Ausweis parat liegen. Am liebsten würde ich meine Ellbogen in den Tisch bohren und weinen, aber ich bin das Familienoberhaupt und weine nur allein, in den Welpen hinein; und ich bin nur allein, wenn Mikael sich umziehen geht. Mit ihm ist alles beim Alten. Bruno hat Urlaub, er ist in die Türkei gefahren.

Als der Krieg ausbrach, kaufte ich ein Solarzellenladegerät für mein Handy, als Teil meines Survival-Kits, aber es war immer so bewölkt, dass ich es erst heute aufladen konnte. Jetzt verlasse ich das Wohnzimmer, um zum Rauchen auf die Terrasse zu gehen. Eine kreisförmige Spinnwebe, rund und flach wie eine LP, deren Loch in der Mitte in diesem Fall die Spinne ist, hängt mit vier langen Fäden befestigt an einem Balken, nicht in einer Ecke oder an einer Wand, sondern im Freien; von der Sonne beleuchtet und von Luftströmen bewegt, hängt das Netz wie eine kleine Sonne über der Terrasse, mit der Spinne als Auge. Ich kann mich gar nicht daran sattsehen. Ich erinnere mich wieder daran, wie die Spinnweben zitterten, wenn meine Mutter auf dem Dachboden für Durchzug sorgte, um den Zigarettenrauch aus meinem Zimmer zu vertreiben. Jetzt ruft Mikael aus dem Wohnzimmer, es gibt neue Nachrichten.

ERZÄHLER

Wer sitzt wohl in der Mitte des Netzes? Im Zentrum des Labyrinths, dem Ort, an dem die Selbsterkenntnis eintrifft.

Mikael und G. im Chor

Ich glaube, das bin ich.

G.

Die Unruhe ist allgegenwärtig. Wir, ich meine, ein Großteil der Menschheit, sind wieder Zuschauer, wir betrachten Fernsehbilder des Leids, Menschen im Schockzustand, einen Mann mit einer Katze im Arm, überhaupt viele Haustiere, es könnte eine Wohnungskatze sein, die noch nie draußen gewesen ist, und wenn sie denken könnte wie ich, würden ihre Gedanken vielleicht so aussehen: Diese Trümmerhaufen, die Sirenen, der Todesgestank, die Verzweiflung, das ist also die Welt, in die sie mich nicht hinauslassen wollten, als sie mich einsperrten und zu ihrer Gefangenen machten, diese Welt enthielten sie mir vor; darf ich bitte wieder nach drinnen.

Aber es gibt kein Drinnen, es ist zusammengestürzt, liebe Katze.

Es gibt also nur dieses grausame Draußen ohne Nahrung, ohne Wasser, aber mit Armen, die mich mit eisernem Griff umklammern, aus dem ich mich unmöglich befreien kann.

Und so, erst zögernd, dann fest, umarmte mich meine Mutter, als ich kam, um den Brief abzuholen – ich glaube, sie hatte ihn über Wasserdampf geöffnet, gelesen und wieder verschlossen, denn er schloss nicht ganz dicht, die Lasche klebte nicht vollkommen glatt auf dem Papier, sondern wellte sich hier und da.

ERZÄHLER
Bist du jetzt zufrieden? Du hast es geschafft, am Leben zu bleiben, und dein Elend trotzdem in diesem Brief festzuhalten und kundzutun; eine Tochter, der es so schlecht geht, dass sie sich das Leben nehmen will, greift man doch wohl nicht an? Man setzt sie auf das Sofa, holt eine Decke und lässt sie in Ruhe.

G.
Mikael war dabei. Wir standen auf dem Marmorboden mit dem Schachbrettmuster im Flur – das war vor der Umarmung – Mikael und ich nebeneinander, unseren Eltern gegenüber, sie waren tadellos, gepudert und gekämmt; Königin und König gegenüber von König und Königin, Schwarz rückte zu Weiß vor.

MIKAEL
Hör auf mit dieser Mythologisierung. Sieh sie dir an: Mutters Kinn ist bärtig geworden, ihre Haltung gebeugt. Von Vaters zitternden Händen möchte ich lieber nicht operiert werden. Es endet noch damit, dass wir ihm die Skalpelle entwinden müssen, um größeres Unglück zu verhindern.

G.
Dann löste die Umarmung die Aufstellung auf dem Schachbrett. Auch Mikael, wieder in Gelb, wurde von beiden gedrückt.

MIKAEL
Früher oder später werden Vater und Mutter Kinder sein.

G.
Dann habe ich drei. Zwei alte und ein mittelaltes.

Friedrich Nietzsche

Nimm dich vor Schwestern in Acht, Mikael. Ehe du dich's versiehst, hat sie dir ein Geschirr angelegt, und du ziehst erschöpft ihre Kutsche.

MIKAEL
Nein danke, Gustava, mich sollst du nicht mitzählen.

G.
Sie begleiteten uns bis zum Tor, als wir aufbrachen. Ich drehte mich mehrmals um, und jedes Mal nickte mein Vater und hob die Hand. Sein Nicken bedeutete: »Alles in Ordnung. Deine Mutter und du, ihr wisst jetzt ungefähr voneinander, was ihr denkt. Ihr seid einander wieder vertraut. Ich habe für eine Weile meine Ruhe.«

Eine ältere ukrainische Frau ging in ihren Keller, als ihre Stadt bombardiert wurde, man sieht Regale mit Einmachgläsern; als es einen Monat später wieder still war, stieg sie aus ihrem Keller hinauf in eine zerbombte, verlassene Welt. Sie war die Einzige, die noch da war.

Die Nachrichten ziehen mich an, als wäre ich eine mechanische Puppe, du darfst erst um 12 wieder gucken, sage ich und schalte kurz darauf erneut ein. Die Pfotenballen des Welpen sind kohlschwarz und weich, sie glänzen unberührt von Asphalt, Kies, Glasscherben, Schärfe. Als die Russen 1956 den Aufstand in Ungarn niederschlugen, half meine Mutter, Schuhe für die Ungarn zu packen. Darauf kam sie früher öfter zu sprechen, sie erzählte, wie es zu ihrer Aufgabe wurde, aus einem riesigen Berg gespendeter Schuhe – so stellte ich es mir vor – die passenden Schuhpaare herauszusuchen und zusammenzubinden, für die geflüchteten Ungarn. Meine Mutter ist meine Heldin, wie klingt das? Amerikanisch oder Russisch? In Selenskis Videobotschaft an Orbán erwähnte er die Schuhe am Donauufer in Budapest, gusseiserne Schuhe zum Gedenken an die Juden, die erschossen und in den Fluss geworfen worden waren.

In Tromsø fühlte ich mich so schwach und entkräftet, und die Hände des Flugkapitäns schwächten mich noch mehr, wie sie dort auf dem Tisch in der Abflughalle lagen, als er mich bat, ihn zu treffen, ich wurde zu ihnen gespült, doch dann siegte meine Vernunft. Aber ist es etwa besser, hier mit meinem Bruder auf dem Sofa gestrandet zu sein? Wenn ich eine neue Chance bekäme, würde ich sie mir vielleicht nicht noch einmal entgehen lassen.

An diesem Morgen zum ersten Mal seit langem Lebensfreude, vielleicht weil der Atomkrieg näher rückt, jedenfalls rasseln beide Seiten mächtig mit den Säbeln, und in diesen letzten Tagen möchte ich mein Herz in den Himmel hinaufkicken. Ich fürchte, je öfter darüber gesprochen wird, je häufiger sie das Wort in den Mund nehmen, es sich auf der Zunge zergehen lassen, desto mehr gewöhnen sie sich daran und desto mehr wächst das Risiko. Manchmal denke ich, dass der schlechte Zustand der Welt dem Klimawandel in die Karten spielt, als wäre sie ein Patient, den irregeleitete Ärzte mit einem Mal umbringen wollen, anstatt ihn zu heilen. Ein plötzlicher Tötungsdrang. Jeden Tag starre ich auf Putins runden Altherrenkopf mit dem dünnen Haar, auf seinen kleinen Wuchs, um zu begreifen, wer er ist, er, dessen Magen vor Großmachthunger knurrt. Hass fällt mir nicht leicht – vielleicht stimmt das auch nicht, aber man muss dafür beinahe einen Stock in mich hineinbohren. Putin sitzt vornübergeneigt, über sich selbst gebeugt, und sagt seelenruhig die schrecklichsten Dinge, während er sich auf die Tischkante aufstützt. In einem Dokumentarfilm über Putin, einem anderen, sieht man, wie bei einem Treffen zwischen ihm und Angela Merkel auch ein riesiger schwarzer Hund zugegen ist. Merkel hatte Putin einmal unbedacht erzählt, dass sie Angst vor Hunden habe, und deshalb hat er ihn in den Raum gelassen; er schnuppert an Merkel; sie bleibt beeindruckend gefasst, geradezu gestählt. Putin beugt sich mit einem unkontrollierten Lächeln auf seinem Stuhl vor. Da kam der Hass. Endlich konnte ich hassen. Es brauchte eine Szene wie diese, in der man ihn als Regisseur der Angst sah, in einem Raum mit seinem Opfer. Das ist leichter zu begreifen als seine Gier nach Land und noch mehr Ländern, deren Städte plattgebombt sind wie Parkplätze und deren Überlebende ihn für den Rest ihres Lebens hassen und in die Hölle wünschen. Putin. Wir schleichen auf Zehenspitzen um ihn herum, wie man es mit Haustyrannen zu tun pflegt, um diesen Mann mit der Bombe in der Hand, der sein ohnehin schon großes Haus noch weiter ausbauen will. Biden sagte in Warschau, Putin sei ein Schlachter und dürfte nicht an der Macht sein. Das Weiße Haus rang die Hände und versicherte eilig, dass Biden nicht auf einen Regimewechsel angespielt habe, dass der Westen nicht beabsichtige, ihn zu entmachten. Biden möchte seine Aussage nicht zurückziehen, CNN zufolge sagt er: »Dieser Mann marschiert nur nach dem Takt seiner eigenen Trommel. Die Vorstellung, dass er etwas Verrücktes anstellen wird, nur weil ich ausgesprochen habe, was er ist und was er tut, ist einfach nicht rational.«

Als Kind saß ich neben dem offenen Fenster am Küchentisch in unserer Küche, deren Wände mit blauen, krähenden Hähnen tapeziert waren, ein vervielfältigter Hahn, ich saß zwischen den Hähnen und fürchtete mich vor dem restlichen Haus, ohne genau zu wissen, was mir eigentlich Angst machte. Mir fiel meine alte Angst in der Küche wieder ein, als Putin zu drohen begann; der Mann, der nur nach seiner eigenen Trommel marschiert. Während Putin sein Vermächtnis mit Rot in den Trümmerstaub schreibt, ist es Frühling geworden. Eine aufgebrachte Krähe flog so nah an mir vorüber, dass ihr Flügel meine Wange streifte, überraschend sanft, aber kommt der Beschützerdrang der Vögel nicht ein bisschen früh, es ist doch erst März, sind sie jetzt schon so zornig, im Auftrag ihrer ungelegten Eier? Die Blumen sprechen mit ihren Farben, Lila, Gelb, Weiß, Blau, wir sind von einem rauschenden grünen Flor umgeben; überflute unsere Augen mit diesem Frühling, in dem die Säbel rasseln und selbst Leichen mit Sprengsätzen versehen werden, sag Krokus statt Langstreckenrakete, sag nicht Atomsprengkopf.

Draußen ertönt ein Schlag.

MIKAEL
Das ist der Nachbar, der unter den Bäumen steht und zwei Topfdeckel zusammenschlägt, um die Krähen zu verjagen.

G.
Und sie flattern auf, denn für sie klingt es wie Kanonenschläge.

LITERATUR

Die Zitate auf S. 94 und S. 95 stammen aus: Thomas Mann, *Der Tod in Venedig*. In: ders., *Gesammelte Werke in dreizehn Bänden. Band VIII. Erzählungen.* © S. Fischer Verlag GmbH, Frankfurt am Main, 1960, 1974

Jorge Luis Borges, *Das Alef. Erzählungen 1944–1952*. Übersetzt von Karl August Horst und Gisbert Haefs. Fischer 2003

Giacomo Casanova, *Aus den Memoiren des Venetianers Jacob Casanova de Seingalt, oder Sein Leben, wie er es zu Dux in Böhmen niederschrieb*. Ins Deutsche übersetzt von Wilhelm von Schütz, 12 Bände, Brockhaus, Leipzig 1822–1828.

Moderata Fonte, *Das Verdienst der Frauen. Warum Frauen würdiger und vollkommener sind als Männer*. Nach der italienischen Ausgabe von 1600 erstmals vollständig übersetzt, erläutert sowie herausgegeben von Daniela Hacke. C.H. Beck, 2002

Henry James, *In Venedig. Begleitet von Hanns-Josef Ortheil*. Aus den *Italian Hours* übersetzt von Helmut Moysich. Dieterich'sche Verlagsbuchhandlung 2016

Henry James, *Die Aspern-Schriften*. Aus dem Englischen und mit einem Nachwort von Bettina Blumenberg. Unionsverlag 2021

Valeria Luisella, *Sidewalks*, Granta 2013

Marcel Proust, *Auf der Suche nach der verlorenen Zeit. Band 6: Die Entflohene*. Aus dem Französischen von Bernd-Jürgen Fischer, Reclam 2016

Jennifer Scappettone: *Killing the Moonlight. Modernism in Venice*. Columbia University Press 2014

Alice B. Toklas, *What is Remembered. An autobiography*. Michael Joseph 1963

Tor Ulven, *Gravgraver (Grabgräber)*, Gyldendal Norsk Forlag 1988

Stefan Zweig, *Drei Dichter ihres Lebens. Casanova. Stendhal. Tolstoi*, Insel 1925